瑕死物件
209号室のアオイ

櫛木理宇

角川ホラー文庫
21307

目次

5 プロローグ

11 第一話 コドモの王国

63 第二話 スープが冷める

115 第三話 父帰る

167 第四話 あまくてにがい

229 第五話 209号室のアオイ

313 エピローグ

プロローグ

ひいふうみいよ、いつむうなな——と数えていた女の背に、

「奥さん、荷物こちらに置いていいですかあ」

と運送会社の社員の声がかぶさった。

「はーい。ありがとうございます。お願いしまあす」

反射的によそいきの声をあげ、女は振りかえる。振りむいてしまってから、あれ、どこまで粗品の箱を数えたんだっけ、と内心で顔をしかめる。

まったく、引っ越しってどうしてこう面倒事が多いんだろう。

業者おまかせのパックプランにしたって、最低限身のまわりのものはまとめておかなくちゃならない。どう頑張ったって数日はまともな生活ができやしない。おまけに挨拶《あいさつ》まわりの手間があるし、粗品だって用意しなきゃいけない。業者がある程度の荷ほどきをやってくれるとはいえ、本格的な仕分けは家族の——いや、〝妻の仕事〟だ。

——妻の仕事。

ああいやだいやだ。女はかぶりを振る。

共働きなのよ。夫もわたしも九時から六時までの勤務で、収入だってほぼ変わらない。入籍前にちゃんと話し合いをして、家事の分担を決めた。家計用の通帳を作って、お互い毎月の給与から同額入金すると約束して、フェアで対等な夫婦でいようねと誓った。

――でも全部、嘘っぱちだった。

決めたはずの家事分担は、なし崩しに反故にされた。家計用の通帳に入金するのも、気づけば彼女ばかりだった。

「おれは仕事で疲れてるんだよ。おまえがやれよ」

「部屋が汚いくらい、おれは気になんねぇし。気になるほうが掃除すれば？」

「おまえ女じゃん。そういうのは女の仕事だろ」

「可愛くねぇなあ」

「結婚してからおまえ、変わったわ」

「なんでいちいち逆らうの？」

――逆らうってなによ。わたしはあなたの部下でもなけりゃ、奴隷でもない。

入籍は、イコール奴隷契約じゃない。

今日だってそうだ。引っ越し作業をわたしにばかり押しつけて、夫は朝から出かけてしまった。どうしてもはずせない接待だなんて言っていたけど、どうせまた嘘に決まってる。だって以前にも同じことが――。

痛いほど唇を噛《か》んでいたと気づき、女ははっとなる。

わたしったら、またマイナス思考に陥っていた。カウンセリングの先生にも言われたじゃない。なるべくプラスの面に目を向けなさい、じゃなきゃまた薬が必要になりますよ、って。

プラス――そう、この高層マンション『サンクレール』に入居できたことが、なによりのプラスじゃないの。

川沿いに建つ、誰もがうらやむ瀟洒《しょうしゃ》なマンション。おまけに近年のリノベーション工事のおかげで新築同然だ。豪華な内装、ゆったりした間取り。利便性、セキュリティ、耐震性すべて文句なしである。中古物件とはいえ、ここに入居できるなんて夢のようだった。

「すみません奥さん、この段ボールはどちらへ？」

「――あ、ああ。ごめんなさい。こっちへお願いします」

いけない、まだ引越しの作業中だ。女は慌てて笑顔を作った。

まだ作業員のみなさんがいる。最後まで見届けて、ねぎらって、笑顔で見送るまで気は抜けない。

ええと、ポチ袋にお心付けを入れておかなくちゃ。それからタオルと缶コーヒー。コーヒーが駄目な人もいるでしょうからスポーツドリンクも用意して、あとは――。

「奥さん？」

作業員の声で、ふたたび女はわれにかえった。

「どうしました？」

「え？——あ、いえ……」

女は目をしばたたいた。

「今、そこに子供がいなかった？」

「は？」

作業員が眉根《まゆね》を寄せる。

女は顔を赤らめた。

「ごめんなさい、目の錯覚よね。——なぜかさっき、ベランダを子供が駆け抜けていったように見えたの。そんなことあるわけないのにね」

「ベランダは通り抜けできないようになっていますよ。隔て戸で仕切られていますから」

「そう——そうよね。ごめんなさい」

女は笑った。作業員も笑った。

疲れているんだわ、と女は思う。

そう、なにもかも疲れとストレスのせいだ。作業員のズボンに不自然な皺《しわ》が——たった今、子供が摑《つか》んでいるかのような皺ができているのも、搬入された段ボールに見覚えのないちいさな黒い手形が付いているのも、さっきから耳鳴りがやまないのも、きっと気のせいだ。

なにも問題はない。だってここは、憧《あこが》れの理想の住まいなんだから。

窓からまばゆい陽光が射しこむ。

女はゆったりと目を細めた。

第一話

コドモの王国

「おもちゃは出したら片付ける。ごはんの時、テレビは消す」

「開けたら閉める。つけたら消す」

「ながら食べは駄目。『だって』は言わない、男の子でしょ」

毎日毎日、わたしは同じ台詞《せりふ》を繰りかえしてばかりだ――。飯村菜緒《いいむらなお》は、自分にげっそりしながらそう思った。

息子の雄斗《ゆうと》は三歳である。まさにやんちゃ盛りだ。自分の名を名乗れるようになり、階段の昇り降りができるようになって行動範囲が広がった。あれがしたいこれがしたいと、意思もはっきりしてきた。

だが日に日に語彙《ごい》が増える雄斗に反比例して、

「おもちゃは出したら片付ける」

「開けたら閉める。つけたら消す」

「ながら食べは駄目。ああもう、またこぼした」

と菜緒は同じ小言ばかり言わねばならなくなった。

べつだん菜緒だって、言いたくて言っているわけではないのだ。われながら「これじゃ鸚鵡《おうむ》だ、おかしくなりそうだ」と思うことさえある。

でも相手は三歳児だ。根気強く言い聞かせるしかない。ことわざでも『三つ子の魂百まで』と言うではないか。今のうち、ちゃんと脳味噌《のうみそ》に沁《し》みこませておくのが肝心だ。

なのに夫の健也《けんや》は、「そんなにうるさく言うなよ」と呑気《のんき》なものだ。

彼はいつも言う。

「そんな歳の子に、頭ごなしに言ったってわかるかよ。学校に通うようになりゃいやでも規則、規則の毎日になるんだから、せめて今のうちはのびのび過ごさせてやれよ」

その台詞に、決まって菜緒はこう反論する。

「なに言ってるの。幼児期からちゃんとしつけしておくのが大事なのよ。いざ小学生になってみて、まわりに付いていけずに困るのはこの子なんですからね。今から親のあなたがそんな態度じゃ、先が思いやられるわ」

菜緒にそう言いかえされると、たいてい健也は「はいはい」とふてくされたように背を向けてしまう。ときには雄斗の背中を押して、

「あーあー、今日もママはうるさいでちゅねー。ゆう、パパとお風呂《ふろ》行こうな」

と聞こえよがしに言い、リヴィングを出ていくこともある。

菜緒はそのたび内心で「なによ」と悪態をついた。

なによ、自分ばっかり子供にいい顔して。甘やかせばいいってもんじゃないのよ。ほんとに子供のためを思ってるのは、あなたより断然わたしのほうなんですからね——と。

菜緒はもともと、子供好きなほうではなかった。

かといって嫌いなわけでもない。ただ、どうして扱っていいかわからないのだ。苦手、というのが一番しっくりくるかもしれなかった。

菜緒は一人っ子だ。おまけに共働きの両親は係累がすくなく、親戚《しんせき》付きあいにも熱心ではなかった。きょうだいや従兄弟《いとこ》に揉《も》まれることなく育った菜緒は、自分より年下の子をあやしたり、逆に叱ったり、遊びに付き合う経験を持たないまま大人になった。

それを気に病むようになったのは、健也と結婚して以後のことだ。

「大丈夫だろうか、これから子供ができたとして、わたしなんかにうまく育てられるだろうか」

「育児ノイローゼになったらどうしよう」

「それどころか、虐待しちゃったらどうしよう」

いざ妊娠してからは、さらに不安がつのった。つわりはいつまでもおさまらず、足は象のようにむくみ、検診のたび「血圧が高い」と注意された。

健也が残業つづきで毎晩帰りが遅いことも、

「ちゃんと食べてるんかね」

「太りすぎたら駄目らすけね」

と姑《しゅうとめ》が暇さえあれば電話してきて、方言丸出しでやいのやいのと騒ぐことも菜緒のストレスをいや増した。

しまいには悲しくもないのに涙が滲《にじ》み、「医者が隠しているだけで、じつはお腹の子に障害があるのでは」とあらぬ妄想にふけるようになった。気がふさぎ、いったん横になるとなかなか起きあがれなかった。

「妊娠中はホルモンのバランスが崩れ、精神的に不安定になりがち。産後にかけて鬱《うつ》病になりやすい」

という記事を目に入れてさらに滅入る、などということもしょっちゅうだった。

なんとか無事に出産できたのは、ひとえに実家の母の、

「産んじゃえばなんとかなるわよ」

「わたしもべつに子供好きじゃなかったけど、産んですぐあんたの顔見たら、自然と『あ、かわいい』って思えたわよ。みんなそんなもんだから、心配しなさんな」

という、気楽ともいい加減ともいえる励ましのおかげだと菜緒は今でも思っている。とくに妊娠後半は、その言葉をよりどころにして頑張ったと言っていい。

ほかに心の慰めといえば、このマンションから一望できる景色だけだった。

川沿いに建つ高層マンション『サンクレール』の四〇七号室は、もともと健也の伯父が所有する物件だ。

定年を機にしばらく田舎暮らしを楽しみたいと言う伯父が、「管理がてら、しばらく住んでくれるか。家は誰も住まないと傷みが早いからな」と声をかけてくれたのを受けるかたちで住みはじめた。

ベランダで聞く川のせせらぎや鳥の声を胎教音楽代わりに、ひたすら菜緒は出産の日を待った。秋は紅葉を楽しみ、冬は雪かきを管理会社に任せて快適に過ごした。

そうして分娩台《ぶんべん》ではじめて会ったわが子に、彼女の口から出た第一声は、

「あ、ほんとにかわいい」

であった。

――真っ赤で皺くちゃで、人間未満の猿みたいだけど、でもかわいい。

妊娠中に張りつづけていた気が、安堵《あんど》でどっとゆるんだ。

よかった、ちゃんとかわいかった。これなら愛せる。育てていける――そう思いながら、かたわらの助産師に菜緒は微笑みかけた。

最初の一年はばたばたと慌ただしく過ぎた。

行事にほとんど興味のない実両親とは正反対に、義両親は「お宮参りだ」、「お食い初めだ」、「初節句だ」とやかましく菜緒をせっついた。

夫と舅《しゅうと》は「母さんに任せときゃ安心だ」とばかりに、動きまわる姑の背後でただ突っ立っていた。せきたてられ、どやされ、嫌味を言われるのは、つねに菜緒一人だった。

「ほんになんにも知らねぇんだすけね」

「こら、しつけなおさんばねぇわ」

「こんげな人に、うちの孫をちゃんと育てられるんだろっか」

姑にちくちくと言われるたび、菜緒は顔で笑いつつ内心で言いかえした。

——あなたなんかに〝しつけなお〟されなくて結構。

——言われなくても、しっかり育ててみせます。

こわばった笑顔で姑と別れ、帰宅すると必ず菜緒は育児書にかじりついた。ネットで読める育児論や、ママブログもくまなく熱心に読みこんだ。

——あんな意地悪ばばあに、口出しされる隙を与えてたまるもんか。

姑がぐうの音も出ないくらい、わたしはこの手で雄斗をいい子に育ててみせる。

あんなに苦労して、悩んで悩んで、それでも産んだ子なのだ。この子を世界一愛しているのはわたしだ。孫を無責任に甘やかし、可愛がってさえいればいい爺婆《じじばば》と、母親とでは立場の重みが違うのだ。

インターネット上には『先輩ママ』たちの育児成功論と失敗談が、玉も石もとり混ぜて無数に散らばっていた。そして多くの親が、

「行儀が悪いと、恥をかくのは子供自身」

「子供のためにも、叱るときはちゃんと叱るのが親のつとめ」

「まだちいさいからいいだろう、なんて思ってしつけを怠るのは駄目。子供には〝そうか、ぼくが×歳になったから、いきなり厳しくされたんだ〟なんてわかりません。駄目なことは駄目と教えるのも愛情のうちです」

「嫌われるのを恐れないで。大きくなれば、子供はわかってくれます」

と幼児期のしつけが重要であることを説いていた。

ノートパソコンのタッチパッドから手を離し、菜緒は夫を振りかえる。

「ねえ」

「んー？」

夫の健也はテレビの前に寝そべって、しきりにスマートフォンをいじっていた。スーツはとうに脱ぎ捨てられ、いつものスウェット姿だ。

内心で顔をしかめ、菜緒は立ちあがった。

まったくもう、なんでこの人はいつまで経ってもスーツをハンガーにかけてくれないんだろう。雄斗が泣いても「お願い」と言うまで動いてくれないし、おもらしの始末はいやがるし、いつになったら父親の自覚が生まれるんだろう。

ハンガーにジャケットをかけながら、ため息まじりに菜緒は言う。

「雄斗のことね、そろそろ夫婦で足並みを揃えておかなくちゃいけないと思うの」

「なんだよ、足並みって」

「育児の方針よ。父親と母親とで言うことが違ってたら、雄斗が混乱しちゃうでしょ。わたしね、雄斗にはどこに出しても恥ずかしくない子に育ってほしいの。そのためには、ちいさい頃からしっかりとお行儀をしつけて――」

「はあ？　なに言ってんだ。あの子はまだ赤ちゃんんだぞ」

ごろりと寝がえりをうち、健也が眉根《まゆね》を寄せる。

「しつけって、なにする気だ。あんな赤んぼをまさか撲《ぶ》つんじゃないだろうな」

「やめてよ。なに言ってるの」

菜緒は気色ばんだ。

「べつに今すぐあの子をどうこうって話じゃないのよ。ただ、早いうちにわたしたちで意見のすり合わせをしておかなきゃって――」

健也があくびを噛《か》みころす。

「今すぐじゃないなら、そんなあせって話すことないだろ。第一おれ、疲れてんだよ。せっかくの休みを初節句だなんだって潰《つぶ》されちまったんだからさ。家でくらい、ゆっくり休ませてくれよなあ」

――ああそう。初節句だ初節句だとうるさかったのは、あなたの親ですけどね。わたしが頼んだわけじゃないんですけどね。

そう反論したいのを、菜緒はぐっとこらえた。

スーツにブラシをかけ、ぐずりだした雄斗を再度寝かしつけ、戻ってきたときにはもう、夫はスマホ片手に高いびきをかいていた。

年が明けても、やはり育児生活はすこしも楽にならなかった。ひたすら騒々しく、めまぐるしかった。

とくに「魔のいやいや期」と呼ばれる第一次反抗期には、菜緒は神経をすり減らし、疲労困憊《こんぱい》させせられた。

なにをしても、なにを言っても雄斗は「やーだー」、「やんないー」。そのくせ菜緒の

注意がちょっとでもそれると、

「ママー、見いぃてえぇぇぇ！」の絶叫だ。

夜の九時過ぎにこれをやられると、菜緒は青くなって「しーっ、ゆうちゃん、しーっ」と雄斗を押さえつけねばならなかった。

他人が寄り集まって住む集合住宅で、もっとも忌避されるのは悪臭、振動、そして騒音である。

いくら遮音性の高い高級マンションとはいえ、子供の遠慮ない金切り声は響く。夜間ともなればなおさらだ。せっかく健也の伯父が「子供ができた？　ああ、極端に汚さなきゃべつにいいよ」と寛容に許してくれたというのに、ご近所トラブルで追いだされるだなんて御免だった。

だがそんなときでも、やはり夫の健也は、

「きゃんきゃん言うなよ。子供は騒いで泣くのが仕事だろ」

「ここは天井だって床だって二重構造のはずだぞ。そんな神経質になることないさ」

とまるで他人事《ひとごと》であった。

彼ら一家の前に葵《あおい》が現れたのは、蒸し暑い初夏の日であった。

連れてきたのは雄斗だ。

「ママぁ、このおにいちゃん、公園でお友達になったの！　ねえ、うちで一緒に遊んでもいい？　いいでしょ？」

　脱いだ靴を跳ねとばして駆けこんできた雄斗に、

「こら、靴はそろえて脱がなきゃ駄目でしょ。それから、おうちにただいましたら、まずどうするの？」

「手洗う！　うがい！　あとでやるから、ねえ！」

　ぴょんぴょん跳ねながら雄斗は叫び、三和土《たたき》に立つ少年を振りかえって指さした。つられて、菜緒も指の先を目で追う。
　七、八歳くらいだろうか、きれいな顔をした男の子だった。白いシャツのボタンを、きちんと首もとまで留めている。膝上《ひざうえ》のハーフパンツにも靴にも泥汚れはない。爪は両手ともに切り揃えられ、遠目にも清潔だった。
　これなら家にあげてもよさそう、と判断し、菜緒は少年を手まねきした。

「あなたお名前は？　どこの子？」

「葵です。ここの、二階下に住んでるの」

「あら、ご近所さんなのね。何号室？」

「二〇九号室」

　同じマンションとはいえ、二階下ともなるとほとんど住人事情はわからない。

　じゃあ、お父さんとお母さんは――と問いかけたところで、雄斗がぐいと菜緒のエプロンを摑《つか》んで引いた。

「ねえ、手、洗った！　遊んでいいでしょ、ねえ！」

大急ぎで洗って戻ったらしく、手どころか肩までびしょ濡《ぬ》れだ。歩いた軌跡そのままに床に雫《しずく》が垂れている。

「もう、ちゃんと拭《ふ》いてきなさいよ」

菜緒は嘆息してから、葵の背を叩《たた》いた。

「さ、きみも手を洗ってらっしゃい。うがいもちゃんとね。今日はきれいなようだけど、靴下が汚れてるときはそのままあがっちゃ駄目よ」

その日を境に、葵はたびたび遊びに訪れるようになった。

小学一年生だという葵が、三歳の雄斗と遊んでほんとうに楽しいのだろうか、と菜緒は不思議だったが、

「おにいちゃん、おにいちゃん」

と雄斗は彼になついて大喜びだった。

「へえ、雄斗に年上の友達ができたか」

菜緒から葵について聞かされた健也は、「でかした」と言いたげに相好を崩して、息子の頭をくしゃっと撫《な》でた。

「ここの二階下に住んでるんですって。一度親御さんにご挨拶《あいさつ》したいと思ってるんだけど、共働きみたいでいつ行ってもお留守なのよ」

「鍵《かぎ》っ子《こ》ってやつか。まだちいさいのに可哀想にな」

ネクタイをほどきながら、健也は眉をひそめた。

「おまえも見かけたら、なるべくうちに呼んでやれよ。近ごろどこも物騒だからな。かわいい顔した子らしいし、一人にしといて変質者に目を付けられたら大ごとだ」

「そうね。そうするわ」

うなずいて、菜緒はコンロに向きなおった。

次の日曜、めずらしく早起きした健也は、菜緒が頼まずとも雄斗と葵を公園に連れていってくれた。

危ないからとジャングルジムも箱ブランコも撤去されてしまい、遊具といえば砂場とゆるやかなすべり台くらいしかない公園だ。しかし三人はたっぷりと遊んだらしい。

正午に戻ってきたときには、雄斗は髪や爪の中まで砂まみれであった。

「ああもう、そのまま上がっちゃ駄目よ。ドアの外でいったん靴脱いで、砂はらって。はい、これで足拭いてね。丁寧に拭くまで、框《かまち》に足のせないでよね」

驚いたことに、雄斗や葵だけでなく、夫の健也までもが砂だらけだった。

「やだ、パパまでどうしちゃったの。砂場遊びなんて好きだったっけ」

「いやあ、それがやりはじめたら楽しくなっちゃってさ。たまにはいいぞ、童心に返るのも」

おまえもどうだ？　と言われ、菜緒は苦笑した。

「わたしまで童心に返ったら、ごはんを作る人がいなくなっちゃうでしょ」

「そうだった。なあ、昼飯はなんだ？」

「オムライスよ。昨日、卵が特売だったから」

「やったぁ、オムライス！」

雄斗が飛びあがって喜ぶ。その肩を、菜緒は軽く叩いた。

「さ、早く手洗ってらっしゃい。ごはんはそのあと――」

言いながら振りかえり、その場に思わず立ちすくんだ。

いつの間にキッチンへ入ったのか、葵が立ったままオムライスの皿に手を突っこんでいた。素手でまだ熱いケチャップライスをつかんでは、がつがつと口に入れている。

足を拭くときに靴下を脱いだせいで、少年は裸足《はだし》のままだった。玄関からキッチンまで、濡れた足跡が床に点々と付いている。

「ちょっ――待って。やだ」

菜緒は悲鳴をあげた。

「きみ、まだ手も洗ってないでしょう。足、足も、スリッパ履いて」

その声音に、葵の肩が跳ねあがる。

おそるおそる、といったふうに、少年は彼女を振りかえった。手も口も、真っ赤なケチャップまみれだ。

数秒の静寂ののち、健也が弾かれたように笑いだした。

つられて雄斗がきゃあきゃあ笑う。照れたように、葵も頬をゆるめた。その横で菜緒だけが唖然《あぜん》と立ちつくしていた。

「あーあ、やられたな。菜緒」

目じりの涙を拭《ぬぐ》いながら、健也はまだくつくつと喉《のど》を揺らしている。

「おなか、すいちゃって……いい匂いしたから、つい。ごめんなさい」

葵が上目づかいに菜緒を見あげた。

「ごめんなさい。お行儀悪かった、です」

黒目がちの潤んだ眼だ。女の子のように睫毛《まつげ》が長い。

菜緒は胸中でため息をついてから、彼に苦笑してみせた。

「……いいのよ。公園で四時間も遊んだんだものね。おなかがすいて当たり前よ」

「朝ごはん、食べてなくて」

「あら」

思わず菜緒は健也と顔を見あわせた。

「いくら忙しいからって、育ちざかりの子に朝飯も食わせないのかよ。ますます問題ありだな」

「しっ。葵くんの前よ」

顔をしかめた健也を、菜緒は唇に指をあてて制した。

子供の前で親の悪口を言うのはよくないことだ。彼女は口角を吊《つ》りあげて笑顔を作り、葵と雄斗の肩を両手で抱いた。

「さあ、ゆうちゃんも葵くんも、きれいに手を洗ってきて。葵くんは顔も洗ってね。それが済んだら、今度こそお昼にしましょう」

全員揃う頃には、オムライスはすっかり冷めてしまっていた。だが雄斗も葵も健也も、米粒ひとつ残さずたいらげた。とくに雄斗はいつもの食べ遊び癖もどこへやら、スプーンを一度も置かず一心に詰めこんでいた。

よっぽどよく遊び、そしてよっぽどお腹をすかせていたのだろう。これなら葵のあのふるまいもしかたがないか、と菜緒はひそかに苦笑した。

「なんだ？」

健也が怪訝《けげん》そうに菜緒を見る。菜緒は夫の顔を指さして、

「なんでもない。……それよりパパ、口のまわり真っ赤よ」と言った。

「まったく、子供が一人増えたみたいね。パパのオムライスにも、日の丸のピックを刺してあげればよかったな」

「よせよ」

苦笑いして、健也は手を振った。菜緒も笑う。

「冗談だってば。これでも感謝してるのよ。あなたが半日連れだしてくれるだけで、こっちとしちゃ家事がはかどって大助かりだもの。たまの気まぐれでも嬉《うれ》しいわ」

「そうかそうか。じゃあ一丁、午後も張りきって家族サービスしてくるかな」

と言って健也は腰を浮かせ、

「二人とも食べ終わったな？　よーし、午後もつづきをやるぞ」

と子供たちに向かって声を張りあげた。

健也の〝家族サービス〟は、菜緒の予想に反して一回きりではおさまらなかった。翌週も、翌々週もつづいた。

ついに三週目に入って菜緒も、これは夫の気まぐれではない、と気づかざるを得なかった。

健也はどうやら、だいぶ葵に肩入れしているようだ。口をひらけば「気の毒な子だ」と言い、二言目には菜緒に「よくしてやれよな」と釘《くぎ》を刺した。

雄斗はと言えば、「あーちゃん、あーちゃん」と、葵がいなければ夜も明けないといったふうだ。

一方、二〇九号室の扉は、相変わらず固く閉ざされたままだった。

「ちょっとスーパーに買い物に行ってくるから、よろしくね、パパ」

愛用のエコバッグを腕にかけ、三和土のクロックスをつっかけて、菜緒はリヴィングの家族に声をかけた。

「おう、いってらっしゃい」

「いってらっしゃーい」

「いってらっしゃい」

三重唱を背に聞きながら、菜緒は玄関のドアを閉めた。エレベータがひらいた途端、見知った顔と行き合う。

「あら波佐野《はさの》さん、こんにちは」

「こんにちは飯村さん、お出かけですか」

お互い愛想よく挨拶を交わす。

伯父の代理でマンションの管理組合役員をつとめる菜緒にとって、波佐野羽美《うみ》は唯一気おくれせず話せる役員メンバーであった。噂ではけっこうな「いいとこのお嬢さま」らしいが、気さくで付きあいやすい女性である。

「そろそろ一雨来てほしいですねえ」

「ほんとうに。埃《ほこり》っぽくって」

会釈を交わし、笑顔で別れた。

土曜のスーパーはひどい混みようだった。サンクレールのまわりには気取った高い店しかないため、菜緒はバスで遠くのスーパーまで来なければならない。

メモ書きを見ながら、必死で人波をかき分け、特売品の棚に手を伸ばす。

「ええと、卵と低脂肪牛乳と、お豆腐と……」

子持ち専業主婦の菜緒としては、空いている平日に買い溜《だ》めしておければ理想的だ。しかし店側は週末が勝負だと思っているのか、〝生活必需品の特売日〟を土日にばかり設定してくる。となれば菜緒も、つい足を運ばざるを得ない。

——だって今、うちのエンゲル係数高いのよね。

理由はわかっていた。葵だ。あの子が毎日、おやつも夕飯も飯村家で食べていくからである。そこへもってきて、土日は昼食もプラスされた。かと言って食事のときだけ彼を追いだすわけにもいかない。

雄斗は相変わらず「あーちゃん、あーちゃん」だし、健也は「よくしてやれよ」の一点張りだ。

——だけど、なんでうちがそこまでしてあげなきゃいけないの。

だんだんと菜緒はそう思うようになっていた。

確かに雄斗の遊び相手になってくれるのはありがたい。鍵っ子で、親がいつ帰ってくるかもわからない子供を家に保護してやるのだって、人として当然のことだ。

——けれど、なんでうちだけが。

メモ書きを睨《にら》むようにして、あちらの棚、こちらの棚と渡り歩きながら、菜緒は胸中でつぶやく。

子育てもしつけも、本来は地域でするもの。核家族はよくない。子供は社会のもの。どの子もわが子のように平等に愛しましょう。

理想は確かにそうかもしれない。けれど菜緒は聖人君子ではない。理想のみでは生きられないし、感情だってある。自分ばかりが割を食っていると思えば、どうしたって腹は立つ。

——でも。

でもいちばん腹立たしいのは、夫の健也だ。

彼は子供たちの遊び相手ばかりかって出て、家事だの買い物だの、汚れ仕事はいっさいやってくれない。はじめのうちは彼が子供と遊んでくれることが嬉しかった。その間に家事が片付く、リフレッシュできると喜ばしかった。

でも、今は違う。

彼はただ遊んでいるだけだとわかってしまった。雄斗と同レベル、同目線ではしゃぎ、笑い、ライダーごっこをし、アニメのDVDを観ているだけだ。まともなしつけなんて、してくれた例《ため》しがない。

夫と二人の子供がさんざん散らかした室内を見て、雷を落とすのはわたしの役目だ。

「帰ってきたら、うがい、手洗いって言ったでしょう」

「開けたら閉める。つけたら消す」

「ああもう、何度言ったらわかるのよ」

声音は自然と高くなり、苛々《いらいら》と早口になる。

そうしてそんなわたしを見て、舌打ちせんばかりに夫は言うのだ。

「はいはい。ほら雄斗、ママに叱られるから片付けような。あーちゃんも、もうやめだ。これ以上やると、ごはん抜きにされちゃうぞ」

その台詞《せりふ》を聞くたび、菜緒は頭を掻《か》きむしりたくなる。違うでしょ。「ママに叱られるから」じゃなく、あなたが叱ってよ。あなただってわたしと同じ〝親〟の立場じゃないの。なぜわたしにばっかり――。

「ちょっと、カートぶつけないでくれる？」

すぐ横からの声に、菜緒ははっとわれに返った。

「あ、すみません」

慌てて頭をさげる。しかし苦情の主は、すでに歩き去ってしまっていた。行き場のない謝罪が宙に浮いた。

気まずい悔恨をもてあまし、しかたなく菜緒はメモ書きにふたたび集中した。

「えっと、あとは豚コマと、カレールウと……あ、そうだ。レタスも安いんだった」

口の中でつぶやきながら、レジを見やる。

レジ前にはすでに、うんざりするような長蛇の列ができていた。

帰宅して、菜緒は唖然《あぜん》とした。

リヴィングはめちゃくちゃだった。カーテンはレールからはずれ、ソファやテーブルは端に追いやられ、寝室から運んできたらしい布団がフローリングの床に散乱している。

薄い掛け布団の上で、子供たちと健也はプロレスごっこの真っ最中であった。

どすんばたんとやかましい音とともに、布団の埃が舞いあがる。間違いなく、階下に響いているだろう大騒ぎぶりだ。

「なにしてるの、やめなさい」

割って入ろうとした。が、折り悪く振りあげた健也の手が、菜緒の顔に当たった。

彼女はよろめき、背を壁にぶつけた。

肩越しに健也がしまった、という顔をしたのが見えた。しかし雄斗のかん高い笑い声に、彼の目はふたたび子供たちに向いた。

その瞬間、菜緒は頭にかあっと血がのぼるのを感じた。

怒りで目の前が暗くなる。視界が狭まる。

「やめなさいったら！」

声を限りに叫んだ。

「やめなかったら――あんたら――ひどいわよ！」

階下の住人が苦情の申し立てに訪れたのは、約三十分後のことだ。

白髪まじりのセミロングを首の後ろでくくった、癇《かん》の強そうな女だった。応対に出た菜緒を見るなり、彼女は機関銃のような早口でまくしたてた。

「お宅にお子さんがいるのは存じております。ですからこっちだって、ずいぶん我慢したんですよ。子供のことはお互いさまですからね。でもね、我慢の限界ってものがあるんです。お宅はね、いくらなんでも目にあまりますわ」

「そうですよね。すみません」

膝《ひざ》に額がつくほど、菜緒は深ぶかと頭をさげた。顔があげられなかった。

「うるさくして、ほんとうに申し訳ございません。せっかくのお休みのところをお騒がせして、お詫《わ》びの言いようも——」

「は？　騒音だけじゃありませんよ」

鼻息荒く女は言い捨てた。

「いちばんやめさせてほしいのはね、お子さんがうちのベランダにものを投げ落としてくることです。それも、ごみを撒《ま》いたり、ジュースを垂らしてきたり——子供のすることにしたって悪質すぎます」

「えっ」菜緒は目を剝《む》いた。

「えって、まさか知らなかったんですか」

女がさらに眉《まゆ》を吊《つ》りあげる。

「言っときますけど、お宅からものが落ちてきたのは一回や二回じゃありませんよ。それも週末に洗濯物を干してるときに限ってです。先週なんて、中身の入ったスチール缶を投げ落としてきたんですからね。もし頭に当たってたら大事故ですよ。ねえ、これって、絶対にわざとですよね？」

暗に「大人がやらせてるんだろう」と言いたげな目つきでじろりと見て、

「もしほんとうに知らなかったというなら、あなた、いったいなにをやってらっしゃるの。あんなちいさい子を野ばなしにして……専業主婦なんですよね？」

「あの、え、すみません」

菜緒はへどもどと謝罪した。

「すこしの間、買い物に出かけることがありまして。たぶんその隙に」

「子供だけを置いて、買い物に？」

女が鼻で笑った。

「信じられない。あなたそれ、怠慢もいいところですよ。子育てを片手間にやっておられますの？　まさかネグレストってやつじゃないでしょうね」

それを言うなら養育放棄《ネグレクト》です、と言いかえしたいのを菜緒はこらえた。

第一、子供だけを置いて出かけたわけじゃありません。家には夫がいたんです。彼が父親として監督していると思ったんです――と。

しかし女にそれを言っても詮ないことだった。菜緒はひたすらに頭をさげつづけ、謝罪の言葉のみを繰りかえした。

「今度やったら、児童相談所に通報しますから」

女はそう言い捨てて帰っていった。

その背中を見送り、ドアを閉めて施錠した途端、菜緒は崩れるように框《かまち》へ座りこんだ。全身、どっぷりと疲労にまみれていた。

壁の時計を見あげる。いつの間にか、長針がぐるりと一周していた。

リヴィングに戻り、菜緒は夫に詰め寄った。

「ちょっと。あなたがついていながら、どういうこと？　二度と子供たちだけでベランダへ行かせないでよ。ねえ聞いてる？　こっちを向いてよ。聞いてるの？」

「聞いてるって」

健也はソファに寝そべったまま、鬱陶《うっとう》しそうに手を振った。

「ていうかおまえ、声でかいよ。また下から苦情が来るぞ」

からかうように、にやりと笑う。

菜緒はふたたびかっとなりかけた。しかし、なんとか意志の力で抑えこんだ。

駄目だ、わたしまで彼と同レベルに落ちちゃいけない。ここはわたしだけでも、大人にならなきゃいけない場面だ。

気を落ちつけようと、深呼吸して健也から顔をそむけた。

雄斗と葵が視界に入る。こちらに背を向け、二人は顔を寄せてくすくす笑いあっている。なにをしてるんだろう、と菜緒は目をすがめた。

途端、彼女は絶叫した。

「やだ！　駄目駄目駄目、ゆう！」

雄斗に飛びつき、押し倒す。

ちいさなもみじの手から、ヘアピンをもぎとった。菜緒自身のヘアピンだ。雄斗はこの先端を、今しもコンセントの穴に突っこもうとしていたのだ。

目をまるくしていた雄斗が、一拍おいて、けたたましく泣きだした。脳髄に突き刺さるような、きんきん響く泣き声だ。

耐えきれず、菜緒はこめかみを指で押さえた。

ああ、これできっとまた苦情が来るわ。いや、真下の部屋だけじゃない。もしかしたら他の部屋の住人にも、すでに反感をかっているかもしれない。それともそんなの、いまさら菓子折りでも配って歩いたほうがいいのかしら。それともそんなの、いまさら藪蛇《やぶへび》になるだけか。ただでさえ格の違う住民に囲まれて窮屈なのに、頭の痛いことだらけだ。

「よしよし。ゆうちゃん、よしよし」

泣きわめく雄斗の頭を、葵がなだめるように撫《な》でている。

そんな二人の肩を健也は守るように抱き、薄笑いを浮かべて言った。

「いい子だいい子だ。まったく、ママの声がいちばんうるさいでちゅよねえ」

菜緒は、無言で彼を睨《にら》みつけることしかできなかった。

翌日、菜緒はホームセンターから防音マットを買ってきて全室に敷きつめた。音が伝わらないようテレビやオーディオ類を壁から離し、少々電気代はかさむが、子供のいるときは窓を閉めきってエアコンを頼るようにした。

——しつけが足りなかったわ。

菜緒は反省していた。葵が来てからというもの、よその子だという遠慮がはたらいて、つい彼の前では雄斗をきつく叱れずにいた。

それがよくなかったのだ。これからは葵も一緒に厳しくしつけよう。あれほど毎日うちに通いつめている子に、なんの気兼ねがいるもんか。

その誓い以降、菜緒はひらきなおって「うるさがたのママ」に徹した。

「どすどす歩かない！」

「おもちゃで床を叩《たた》かない！」

「出したら片付ける！　開けたら閉める！」

「つけたら消す、でしょ！　何回言ったらわかるの！」

朝から晩まで、口を酸っぱくして言い聞かせた。

さすがに健也も菜緒の剣幕に恐れをなしたらしく、

「なあ、来週の土曜、ひさしぶりに家族で遊園地でも行かないか」

とご機嫌とりの提案をしてきた。

菜緒は澄ました顔で答えた。

「ああそうね。まあ、たまにはいいかもね」

しかし声音とは裏腹に、内心は一気に浮きたった。

ひさびさどころの話じゃない。家族だけで遠出なんて、いったいいつ以来だろう。

車で出かける距離となれば、たいていそこには姑《しゅうとめ》がくっついてきた。雄斗が第一次反抗期に入ると、目が離せず美容院にも行けなくなった。

このところ菜緒は、バスで二区間先の特売スーパーより遠くへ出ていない。ほかに外出といえば、近所のクリーニング店やコンビニへ行くくらいだ。

フルメイクは一年以上していなかった。化粧水や乳液は千円以下のプチプライス品だ。髪はぼさぼさだし、爪は妊娠してから一度も伸ばしていない。ネイルアートなんて、夢のまた夢であった。

――嬉《うれ》しい。

お化粧して、ちょっといい服を着て出かける用事ができたことが嬉しい。

そうだ、雄斗にもおしゃれさせてあげよう。確か、もらったはいいけど箪笥《たんす》の肥やしにしていた、GAPのシャツとカーゴパンツがあったはずだ。

沢山おみやげを買って、帰りはファミレスでごはんを食べて、ええと、なるべく十時には帰れるようにしなくっちゃ。

その晩、いつもは一本しか許さない晩酌のビールを、菜緒は二本におまけしてあげた。心なしか、健也もその日を楽しみにしているように見えた。雄斗は「遊園地」の単語を聞いただけで飛びあがって喜んだ。

当の土曜は、あっという間にやって来た。

予定どおり雄斗にはGAPを着せた。菜緒自身は、迷ったが結局ユニクロのシャツとジーンズにした。手早くファウンデーションとグロスを塗り、伸ばしっぱなしの髪は帽子でごまかして、靴は歩きやすさ重視のスニーカーにした。

寝ぼけ顔の夫は、まずシャワーへ行かせた。

テンションのあがってしまった雄斗が朝ごはんを食べないので、車の中で食べられるよう急いでおむすびを作った。スマートフォンの電池を確認し、財布に金を補充し、夫と息子の靴を三和土《たたき》に揃えた。

その瞬間、チャイムが鳴った。

すう、と顔から血の気が引くのを菜緒は自覚した。

まさか、と思う。まさかね。いつもはこんな早い時間には来ないものね。

時計の針はまだ朝の八時を指している。あの子がいつもうちに来るのは九時ごろだから、まさか――。

だが、予感は的中した。ドアの向こうには葵が立っていた。

しまった、開けるべきじゃなかった。先にインターフォンのモニタで確認すればよかった。

悔やみながら、菜緒は頰を引き攣《つ》らせて言った。

「今日は、ごめんね」

語尾が震えた。

「ごめんね。今日はうち、家族だけでお出かけなの。悪いけど、また明日遊びに――」

「あっ、あーちゃんだ。あーちゃーん！」

背後から、雄斗がばたばたと駆け寄ってきた。

「あーちゃん、遊園地なんだよ。遊園地！　あーちゃんも行こう。一緒に速いやつ、ぎゅーんて落ちるやつ、乗ろう！」

「ちょっと雄斗、今日は……」今日は家族だけよ、と諫《いさ》めた菜緒を、

「なんだよ、べつにいいだろ」

遮ったのは、同じくリヴィングから顔を出した夫だった。

「意地悪するなよ。いいじゃないか、一緒に連れてってやろうぜ。遊園地って言葉だけ聞かせておいて門前払いなんて、おまえ、ちいさい子相手によくそんな残酷なことができるな」

「でも」

反駁《はんばく》しかけた菜緒を、ぴしゃりと健也が封じる。

「金ならおれの小遣いから出すって。子供料金一人分くらい、そんなに目くじら立てるほどのことかよ」

「お金の問題じゃないわよ」

菜緒は怒鳴った。自分でも驚くほど、ヒステリックな声が出た。

「家で遊ぶのと遠出に連れていくのじゃ、わけが違うわ。あなただって言ったじゃない、物騒なご時世だって。誘拐だと思われて、警察沙汰《ざた》にでもなったらどう責任とるのよ。家族ぐるみのお付きあいならまだしも、わたし、この子の親と一回もまだ挨拶《あいさつ》したことがないのよ」

「わかったわかった」

健也が嘆息した。葵を見おろして、

「あーちゃん。おうちは二階だったよな？　よし、今からご挨拶に行こう。おい菜緒、おまえは雄斗とここで待ってろ」

言うが早いか、少年と手をつないで部屋を出て行ってしまう。

健也が葵と戻ってきたのは、わずか十分後であった。

ひらひらと額の上で万札を振りかざし、菜緒に向かって頬を歪《ゆが》める。

「ほら、親御さんに了解とってきたぞ。金も預かってきた。これで文句ないんだろ」

「あーちゃんも遊園地、行けるの？」

雄斗が目を輝かせた。葵がその手をとって微笑む。

「うん。ママが行っていいって」

「わーい、あーちゃんも一緒！　あーちゃんも一緒！」

手を叩いて雄斗は喜んだ。健也が笑った。葵も笑顔だった。笑っていないのは、菜緒一人であった。

行きの道中はひどいものだった。

「雄斗、ちゃんとチャイルドシートに座ってったら」

ぐずる息子を押さえつける菜緒を、脇から健也が半笑いで止める。

「いいさいいさ。せっかく遊びに行くのに、そんなシートに縛りつけられるなんて理不尽だよなあ」

のよ」

無責任な物言いに、菜緒は声を尖《とが》らせた。

「理不尽とか、なに言ってるの。五歳まではここに座らせるって法律で義務化されてるのよ」

はいはい、と肩をすくめる健也の後ろで、葵が手をあげる。

「ぼく、横でゆうちゃんのこと見ててあげるよ。それならいいでしょ?」

「おうそうか、頼むな」

健也が微笑んだ。葵が雄斗を覗《のぞ》きこむ。

「ゆうちゃん、ぼくと静かにできるよね」

「できるー!」

結局、チャイルドシートは積まれることなく玄関先に置き去りにされてしまった。

車内で子供たちは歌い、騒ぎ、朝食代わりのおむすびをぼろぼろと食べこぼした。帰ったらすぐ車に掃除機をかけなくちゃ、と菜緒はげっそりした。

マットやシートに虫でも湧いたら大ごとだ。まさかゴキブリは車に棲《す》みつかないわよね。おかかチーズなんてこぼしやすいおむすび、いくら雄斗の好物でも作ってあげるんじゃなかった。

菜緒とは対照的に、夫はいたって上機嫌だった。

ハンドルを操りながら雄斗とアニメのテーマソングを合唱し、子供たちが笑うたび肩越しに振りかえって、「なんだ」、「どうした」といちいち首を突っこんだ。

「ちょっと、よそ見運転しないでよ」

「大げさだな。どうせバイパスだし、ずっと直進じゃないか」

「こっちは直進でも、車線変更してくる車がいるじゃない」

菜緒は声を荒らげたくなるのをこらえ、インターの案内標識を指さした。

「次で降りて。運転代わるわ」

「そうか、悪いな」

しれっと健也は答え、左折のウインカーを出した。

菜緒に運転席を明けわたした夫は、助手席ではなく子供たちのいる後部座席へ移った。ハンドルを握っている間じゅう、菜緒はシートで飛びはねる雄斗や、はしゃぐばかりですこしも叱らない夫をバックミラーで眺めていなくてはならなかった。

遊園地に着いてすぐ、子供たちは健也の両手にそれぞれぶらさがった。右手に雄斗、左手に葵だ。

重い荷物を抱え、三人のあとをふうふう息を切らして歩く菜緒を、振りかえる者は誰もいなかった。

身長制限のおかげで、さすがに雄斗はジェットコースターには乗れなかった。健也と葵はふくれる雄斗をなだめながら、

「ほらゆうちゃん、メリーゴーランドだよ」

「ティーカップもあるぞ」

「ゴーカートだ。パパが運転するから、ゆうは隣に乗るか」

と指をさしながら歩きまわった。

「やっぱりまずはメリーゴーランドだな」

「そうだね」

健也は菜緒に「撮っといてくれよ」とデジカメを押しつけると、子供たちを連れて、さっさと乗り物ゲートをくぐって行った。止める間もなかった。

フチークの『剣闘士の入場』にあわせ、作りものの白馬や馬車が、回転しながらゆっくりと上下する。しかたなく菜緒はカメラをかまえた。

赤い鞍《くら》をつけた馬にまたがり、黄金いろのポールにしがみついた雄斗が手を振る。そのすぐ後ろの馬には葵と健也が二人で乗っている。葵が健也の耳に口を寄せ、なにごとかささやく。目を見交わし、微笑みあう。

ふ、と葵の視線が菜緒に流れた。

少年は口の端で、薄く笑った。

その笑みに、菜緒は思わず立ちすくんだ。なぜか膝《ひざ》から下が、こまかく震えだすのがわかった。

帰宅してすぐ、菜緒は葵の親に電話をかけた。

健也が交換したというスマホの番号だ。電話口に出たのは、葵の母だというきつい口調の女であった。

「ああ、いつも葵がお世話になっているようで」

済まなそうな様子はまったくなかった。

こういうのを「いけしゃあしゃあ」とか「厚顔無恥」って言うんだわ、と菜緒は内心でつぶやいた。

向こうが無礼だからって、わたしまで失礼な言動をとるわけにはいかない。わかっている。でもこちらが格下だなんて、卑屈な遠慮はもうしていられない。

「……こちらこそいつも、うちの息子が遊んでいただいて」

紋切り型の口上を述べてから、菜緒は溜《た》まっていた鬱憤《うっぷん》を晴らすかのように、だがあくまで理路整然と女に訴えた。

毎日葵がうちに入りびたっていること。休日ともなれば、早朝から押しかけてくること。食事はすべてわが家で出していること。彼が来るようになってから光熱費が一・五倍に跳ねあがったこと、等々――。

そこまで言い立てたとき、相手が鬱陶しそうに遮った。

「はいはい、要するにお金ですよね」

菜緒は啞然《あぜん》とした。

あやうく子機を落としそうになり、急いで反駁する。

「違うでしょう。わたしが言ってるのはそういうことじゃ――」

「こちらで多めに見積もって精算しますから、それで文句はないでしょう。ではさようなら」

　ぶつりと通話が切れた。

その後は菜緒が何度かけなおそうと、葵の母は電話に応答しなかった。

翌日、玄関横の新聞受け兼ポストを覗くと、二十万円入りの茶封筒が突っこまれていた。夫は菜緒の訴えを聞いて、

「そうか。よかったじゃないか」

　とこともなげに言った。

「よかったって……。あなた、わかってるの？　これを受けとったら、うちがあの子の面倒をみるって正式に認めることになるのよ」

　菜緒の言葉に、夫はネクタイを解く手を止め、

「それのなにがいけないんだ？」

　きょとんと彼女を見おろした。

　二度と子供たちの世話なんかするものか、と菜緒は心に誓った。

　夫のケアもいっさいしないと、そう決めた。わたしがなにもしなくなって、せいぜい困ればいいんだわと思った。

　だが、数日で音をあげた。

子供たちを野ばなしにし、家事を放棄したところで、結局困るのは菜緒自身だった。葵を家に入れまいとしても、夫と雄斗が率先して迎え入れてしまう。家事のため動きまわっている菜緒には分の悪い戦いだ。三対一では勝ち目がなかった。

部屋が汚れようがコンビニ弁当ばかりだろうが、夫も子供たちも意に介さなかった。なのに隣人の苦情には応対させられるのは、いつも菜緒だった。

無言で掃除機をかける彼女に、健也は寝そべったまま言った。

「ママは子供相手に大人げないよ」

「こんなに心がせまいだなんて知らなかった。家族になるんじゃなかったなあ」

挙句、彼は姑《しゅうとめ》にまで言いつけたらしい。夜を狙って電話してきた姑は、

「専業主婦のくせして、家事を怠けてるんだって？」

「ゆうちゃんのお友達にヒステリー起こして、追いだそうとしたって聞いたて」

「お前《め》さん、子育てに向いてねぇんでねか」

「母性本能って言葉、聞いたことあっかね？」

「家事も育児もやりたくねんだば、出て行けばいいさ。まったく誰のおかげでおまんまが食べれると思ってるんだか。そのマンションたらに住めるのも、うちの親戚《しんせき》のおかげだって忘れてんでねぇの。最近の女は、ほんに我儘《わがまま》勝手で恩知らずだぁ」

と二時間近くも嫌味を垂れ流しつづけた。

菜緒はその夜、悔し泣きしながら実家の母に電話をした。しかし実の母ですら、

「まあ、健也さんもちょっとひどいけどねえ。でもあんたも、そんなキーキー言っちゃ駄目よ。男の人はそういうの、いちばんいやがるんだから」

と苦笑まじりに菜緒を諫《いさ》めただけだった。

「ゆうちゃんにもあんまり厳しくしないようにね。ちいさな子供には、親心なんてわかんないもの。こっちはいい親をやってるつもりでも、子供は容赦なく嫌ったり憎んだりしてくるんだから。なんでもほどほどが肝心」とも言われた。

——なにがほどほどよ。それができれば苦労しないわよ。

菜緒の怒りは夫に向かった。

考えてみれば健也は以前から、口先だけの幼稚な男だった。

出会った頃は恋愛感情に目がくらんでいた。結婚してからは、一生の伴侶《はんりょ》に選んだ人なんだからと、あえて目をそらしてきた。

でも思いかえせば、わたしが姑に悪者にされているときも、彼は一度だってかばってくれなかった。

夫は姑がいるとすぐ「ママの息子ちゃん」に戻ってしまう。それも姑の陰に隠れて、こちらをにやにや見ているだけのいやらしい子供だ。

——葵くんのことは、きっかけに過ぎない。

菜緒は自分へ言い聞かせた。

葵を疫病神のように感じてしまう己がいやだった。さすがに罪悪感を覚えた。

だってあの子はまだたったの七つだ。小学一年生の甘えたいさかりの男の子だ。なのに両親はいつも忙しく留守がちで、母親はあんなきつい人ときている。

金さえ出せばいいんだろうと吐き捨てた、あの冷ややかな声音が忘れられない。

そりゃあわたしの子育てだって満点じゃない。けれど、あんな言いかたをする母親のもとでは、子供は萎縮《いしゅく》してしまうに決まっている。

葵だって被害者だ。悪いのは、あの子を取りまく大人のほうだ。

――そうよ。うちだって、夫さえしっかりしてくれていれば。

思考は結局そこへ戻ってくる。

菜緒にばかり汚れ役をやらせる夫。肝心の世話はこっちに押しつけて、子供たちと遊んでばかりの夫。嫌われ者のポジションにはけっして立たず、三対一で菜緒を責めてくる夫。

近ごろとみに雄斗は反抗的になってきた。菜緒が叱っても、「パパはいいって言ったもん」と涼しい顔だ。健也はといえばその台詞《せりふ》ににやつき、

「よしよし。ガミガミババアはほっといて遊びに行こうな」などと言う。

「やめてよ、子供の前で！」

たまらず菜緒は怒鳴りつけた。

「あなたがそうやってわたしを馬鹿にするから、子供たちまでわたしを軽く見るようになるんじゃない。ガミガミババアだなんて、二度と言わないで」

「なんだよ。冗談だろ、むきになるなって」

健也は薄笑いした。

「よく言うだろ、男は永遠の少年なんだよ。いつまでも童心を忘れないの。それに比べて女は、三十過ぎると冗談も通じないオバサンになっちゃって……」

菜緒は生まれてはじめて、怒りすぎて声も出ない、という状態を経験した。

──夫はこの状況を楽しんでいる。

子供たちになつかれ、甘やかす自分の立ち位置を楽しんでいる。

おれは正義の味方で、あいつは悪役。ヒステリー女から仲間を守ってやるおれ。そんな図式を作って、さもわたしが悪いように見せかけ、己の立場を優位に置いている。

──そんなくだらないパワーゲームに、のせられるもんですか。

歯を食いしばって菜緒は耐えた。

ガミガミババアと言われようと、更年期かと笑われようと、根気強く夫と子供たちを叱りつづけた。

「好き嫌いしちゃ駄目！」

「あなたまで、なによ！　いい歳して、葱《ねぎ》くらいよけずに食べなさい！」

「開けたら閉める、でしょ！」

しかし菜緒が叱責すればするほど、三人は結託して彼女から逃げまわった。

健也があてつけがましく菜緒を「ママ」としか呼ばないことも苛立《いらだ》ちに拍車をかけた。

以前は「菜緒」もしくは「おまえ」と呼んでいたはずだ。それが今は子供たちと一緒になって、

「ママァー！　ここ汚れた！　拭《ふ》いて！」

「ママ、ごはんまだ！」

「なにしてんのママ、遅いよ！　ママ！　ママ！」

だ。こんな状況が教育にいいはずがない。

雄斗は健也のお墨付きを得て、みるみる悪ガキになっていった。

あれほど子供たちだけでベランダへ出すなと言ったのに、健也は菜緒が銀行へ行った隙にまんまと目を離した。

雄斗はお隣の飼い猫をつかまえようと、開閉式の隔て戸を突破して隣室へ侵入した。猫はひげを切られ、尻尾《しっぽ》をむしられ、さんざんな目に遭ったらしい。激昂《げきこう》してねじ込んできた隣人に、菜緒は平謝りするしかできなかった。

謝罪しても謝罪しても彼らは許してくれず、以後は顔を合わせても、挨拶《あいさつ》すら無視された。隔て戸の向こうには室外機と植木棚が置かれ、菜緒たちの側からは立ち入れないよう封鎖された。

同様に階下の住人とも、息子のいたずらで完全に決裂した。

雄斗が下のベランダめがけて、火のついた爆竹を投げこんだのだ。ちなみにその爆竹は、菜緒の目を盗んで夫が買い与えたものだった。

――もう、健也は〝夫〟じゃない。

菜緒は頭を抱えた。

夫でも父親でもない。あれは図体の大きな子供だ。雄斗と葵と一緒になって、わたしを悩まし脅かす、経済力と権力を持ったたちの悪いガキ大将だ。

そんな日々の末、ついに菜緒は行きつけのスーパーで貧血を起こして倒れた。

目を覚ますと、額に冷や汗を浮かせた店員の顔が視界いっぱいに見えた。

「病院に行ったほうが」との店員の勧めを断り、菜緒は重たい買い物袋を抱え、汗まみれで帰宅した。

頭蓋《ずがい》ではつんざくような耳鳴りとともに、ただ一つの言葉がまわりつづけていた。

――限界だ。

限界だ。限界だ。

このままいけばわたしはおかしくなる。これ以上は無理だ。耐えられない。わたしの糸は、きっとあとすこしで切れてしまう。でもどうしたらいいかわからない。

マンションのエレベータを降りる。カードキイを取りだし、ドアを開ける。三和土《たたき》でクロックスを脱ぐ。

リヴィングの扉を開けた。

その刹那《せつな》、目に入った光景に菜緒は立ちすくんだ。

幾重にも重ねたクッションを踏み台に、雄斗が爪先立って、キャビネットの上へと手を伸ばしている。

震える指先が、今にも灰皿の端に触れそうだ。

友人夫妻から結婚式の引き出物としてもらった、重い大理石の灰皿であった。使い道がなく、キャビネットに置きっぱなしだった品だ。そうしてその真下では、健也が寝そべって漫画雑誌を読みふけっている。

雄斗は笑っている。夫めがけてあの灰皿を落とすつもりなのだ。

たった三歳の雄斗には、落とした結果の想像まではまだつかない。ただのいたずらに過ぎない。いつものように健也が、「こら、痛かったぞ」と笑顔でくすぐってくれると思っているのだ。

叫びかけ、菜緒は思わず声を飲んだ。

――このまま、黙っていれば。

わたしがあと十数秒黙ってさえいれば、あの灰皿は夫の頭頂部に落下する。

「しつけのなっていない子供の過失」で、ことは済む。子供のいたずらが生んだ悲劇だ。きっとみんな、そう思ってくれる。

わたしはスーパーへ買い物に出かけていた。アリバイはある。あの店長と店員たちが、きっと証言してくれる。

ええそうです、帰ってきたときにはもう夫は――。

警察に証言する己の声までもが脳裏に浮かぶ。

——夫に任せておけば、安心と思っていました。ええ、息子と夫は仲良しでしたから。まさかこんなことになるなんて。あのときわたしが買い物にさえ行かなければ、今でも夫は生きて——。

雄斗の指先が、灰皿に触れた。

大理石の塊が傾き、ずるり、と落ちる。

——落ちる。

「健ちゃん、避けて！」

菜緒は叫んだ。

健也が驚き、首をもたげる。彼の鼻先をかすめ、灰皿は床に落下した。

防音マットでも吸収しきれぬ鈍い音が、部屋をしんと静まりかえらせた。

「あ、——……」

健也があえいだ。

「あぶな、かったぁ……」

雄斗は目をまるくしている。テレビの前にいた葵が立ちあがって駆け寄り、雄斗を守るように抱きしめた。

菜緒はまだなかば呆然《ぼうぜん》としながら、ふらふらとリヴィングへ入った。

健也を見おろし、低く告げる。

「……だから、言ったじゃない」

われながら、幽霊のような声が洩《も》れた。

「だから言ったのよ。ちゃんと、雄斗をしつけしなきゃって。よけいなものをいじったりしないよう、ふだんから言い聞かせておかなくちゃ、って」

「ああ、うん。そうだな……」

健也の双眸《そうぼう》が、菜緒をまっすぐに見あげる。

彼の目をまともに見るのはいつぶりだろう、と菜緒は思った。

でもこうして見ると、すこしも変わっていない。澄んだ焦茶いろの瞳《ひとみ》。ふくらんだ涙袋。目尻《めじり》に散ったそばかす。

確かに子供っぽい面はあるけれど、やっぱりわたしの好きになった人だ。大事なわたしの夫だ。

「あーあ。……また下から苦情が来ちまうな。伯父さんにも謝らなきゃ」

健也がマットをめくり、べっこりと放射状にへこんだ床を眺めてため息をつく。

「しかたないわよ。わたしが謝っておくわ」

菜緒は肩をすくめた。

そう、しょうがない。床のへこみや苦情くらい、どうってことない。家族の命に替えられるほどのものじゃない。

「なあ」

「え?」菜緒が振りむく。

はにかんだ笑顔で、健也は言った。

『健ちゃん』って呼んでくれたの、ひさしぶりだよな。——嬉《うれ》しかった」

＊

クリスマスソングが街から消えた途端、世間はお正月ムード一色となった。

義両親が買ってくれた巨大なツリーは先週片づけたばかりだ。そのスペースには今、鏡餅《かがみもち》やミニチュアの門松が飾りつけられている。

菜緒がこんなに行事に熱心になったのは、子供が生まれてからである。それまではお正月なんて、「お餅を食べて、箱根《はこね》駅伝を観ながら寝るだけ」だと思っていた。

洗った皿を水切り籠《かご》に並べ、彼女は背後のリヴィングを振りかえった。

飯村家は相変わらずだ。

学校が冬休みに入った葵は当たり前のように朝から入りびたりだし、雄斗はむろん大歓迎。同じく正月休み中の健也も交え、三人できゃっきゃと笑い声をあげている。

健也の横顔を眺めながら、

——うちには手のかかる長男がいる、と思うしかないか。

菜緒はそっと肩をすくめた。

さいわい葵の母親は吝嗇《りんしょく》家ではないらしく、定期的に金をポストに入れてくれた。託児所扱いに腹が立たないわけではなかったが、お金の問題が解決したのは正直ほっとした。

実際のところ、葵が雄斗のいい遊び相手であることは確かなのだ。あれほど辛抱づよく三歳児の相手をしてくれる子はそういない。雄斗と一緒になって悪ふざけされるのは正直困りものだったが、それでも最近はだいぶ言うことを聞くようになってきた。

「ねえパパ、子供たちのこと、一時間くらい任せていい？」

声をかけると、健也が声だけで「おう」と返事をした。

「こっちは大丈夫。ママは風邪気味なんだろ。向こうで横になってたらどうだ」

「そうね、そうさせてもらう」

菜緒はうなずいた。われながらひどいかすれ声だ。

熱があると気づいたのは昨夜遅くである。ひどい寒気がして、体温計を使ってみると三七度六分だった。そういえば数日前から喉《のど》が痛いと思っていたのだ。

今朝測ったときは、すこしさがって三七度二分だった。しかしこの悪寒からして、また熱があがってきたかもしれない。

――水仕事をしたのがよくなかったかしら。

そう思いながら、菜緒は額に手をあてた。

目の前では、葵と雄斗が猫の子のようにとっくみあい、もつれあっている。すこし迷って、菜緒は目をつぶることにした。

お隣と真下の住人は、一家で田舎へ帰省中だ。苦情が来ることはまずない。風邪のせいで喉が痛いし、今日は無理に声を出さずともいいだろう。

「いいぞ雄斗。ほら、上になっちゃえ。マウント取るんだ」

健也は嬉しそうに、わが子に発破をかけている。

菜緒は口の端で微笑んだ。

――やっぱりあのとき、悲鳴をあげておいてよかった。

あの灰皿がもし健也の頭蓋《ずがい》を砕いていたなら、眼前のこの光景はなかった。やっぱりあれでよかったのだ。わたしの選択は間違っていなかった。

「よし、例のあれだ。こないだ教えただろ？　あれをやれ、ゆう」

健也が言う。雄斗がきゃーっと高い声をあげる。幼児特有の、脳天から突き抜けるような声だ。

「静かにしなさい」機械的に菜緒は言った。

「おもちゃは片付けるのよ。ママは向こうで寝てますからね。ドアは開けっぱなしにしないでね」

そう言ってきびすを返しかけたとき、雄斗が素早くサッシを開け、ベランダへ走り出ていくのが見えた。

「あ、こら」

慌てて菜緒はあとを追った。

しかしつかまえようとした腕を、雄斗は笑いながらすり抜けた。

「鬼ごっこのつもり？　んもう、そんな薄着で。ゆうまで風邪ひいちゃったら、ママが大変なんですからね」

「やーだ、やーだ！」

雄斗が菜緒の手を払い、リヴィングへ駆けこむ。菜緒をベランダへ置き去りに、サッシをぴしゃりと閉める。

ガラス越しに健也の声が聞こえた。

「ゆう、カチャンしろ」

次の瞬間、雄斗のちいさな手が三日月錠を跳ねあげた。

菜緒は一瞬立ちすくみ、慌ててサッシに飛びついた。

ガラスを叩《たた》く。

「開けなさい、開けなさい」

叫んだつもりだった。しかし喉から洩れたのは、力ないかすれ声だけだった。

びゅう、と一月の寒風が菜緒の全身を襲った。

すぐ横になるつもりだった彼女は、薄手のルームウェア一枚だ。今日は氷点下にまで冷えこむと昨夜のニュースで言っていた。おまけに裸足《はだし》である。菜緒の頬から、音をたてて血の気が引いた。

ガラスの向こうでは健也が笑っている。雄斗も笑っている。

その背後で葵が微笑む。少年の唇が動き、無音で告げる。

——開ケタラ、閉メル。

菜緒は愕然《がくぜん》とした。

三人は笑っている。ひどく無邪気な笑顔だ。

対照的な必死の形相で、菜緒はガラスを拳《こぶし》で叩く。そんな母親を指さし、声をあげて雄斗が笑う。

駄目だ、外に助けを求めなきゃ。

菜緒は首をめぐらし、絶望した。

お隣は帰省して不在だ。緊急時に通れるはずの隔て戸は、飼い猫のトラブルによって室外機と植木棚で塞《ふさ》がれてしまった。

ベランダの塀に飛びつき、半身をのりだして階下を覗《のぞ》いた。

真下も留守だ。けれど、ほかの部屋は——ああ駄目だ。階下の住人も、うちにいたずらっ子がいると知っている。管理人が回覧板で、注意喚起のチラシをまわしたのだ。チラシにはうちの号数がはっきり書かれていた。この部屋からなにか落としたところで、きっと住民の誰も相手にしてはくれまい。

菜緒は塀の内側に設置された物干《ものほ》し竿《ざお》に手をかけた。

こうなったら、これで下の塀を叩いて誰かに気づいてもらうほかない。いくらなんでも、一人くらいは上を見てくれるだろう。

フックからはずした竿《さお》を持ちあげる。階下の塀を叩こうと、振りあげる。

だが手の感覚が鈍麻していた。かじかんだ指から離れた竿は、あえなく真下の茂みに落ちた。がさがさと葉擦れを響かせたのち、竿は枝に引っかかって止まった。

しばしの間、菜緒は動けずにいた。

やがて、ゆっくりと彼女は背後を見やった。

リヴィングでは、相変わらず三人がこちらを見て笑っている。

健也が笑っている。雄斗が笑っている。葵が笑っている。

顔じゅうに広がる健也の笑み。父親ではなく、子供の――〝健ちゃん〟の笑顔。

三人の憎しみを、菜緒は肌で感じた。

痛いほどの憎悪だった。突き刺さるようだ。

――こっちはいい親をやってるつもりでも、子供は容赦なく、嫌ったり憎んだりしてくるんだから。

母の声が、鼓膜の奥でよみがえる。

「コドモのしたことだからなあ、しょうがないな」

ガラス越しに健也が言った。

しつけのなってない、コドモのしたこと。きっとみんな、そう思ってくれるさ――。

菜緒は慄然《りつぜん》とした。

両手で己の身をかき抱く。だが、なんの慰めにもならなかった。

寒い。頭がぼうっとする。また熱があがってきたんだ。手足が動かない。体が重い。もう立っていられる気がしない。

真横から叩きつける真冬の風に、菜緒はよろめいた。

コンクリに膝《ひざ》をつく。うなじに冷たいものが触れた。

雪だ。降ってきたのだ。

——こっちはいい親をやってるつもりでも、子供は容赦なく。

冷たく見おろす六つの目を感じながら、菜緒は意識の糸を手ばなした。

第二話

スープが冷める

「ねえねえ、聞いた？　去年退職した矢崎《やざき》さん、自殺未遂したんだって。命に別状はないらしいけど、救急車が来て近所じゅう大騒ぎよお」

「うっそ、なんで？　矢崎さん寿退社だったよね？　幸せ絶頂期じゃなかったの」

「それがね、嫁姑《しゅうとめ》問題だって」

「うわ、ヘヴィーな話」

「だって矢崎さんって籍入れて即、義理の両親と同居だったでしょ。本人は『二世帯住宅だから大丈夫』って言い張ってたけどさ。しょせん同居は同居よねえ」

社員食堂の長いテーブルの端で交わされる会話を、石井亜沙子《いしいあさこ》は聞くともなしに聞いて番茶を啜《すす》った。

ちらりと横目でうかがう。元同僚の噂話に興じる彼女たちは、目を輝かせ、頬《ほお》を上気させていかにも楽しそうだ。

ああいうの、なんて言うんだっけ、と内心で亜沙子はつぶやく。ああそうだ、他人の不幸は蜜《みつ》の味。シャーデンフロイデ。幸災楽禍。

——いや、それとも対岸の火事、かな。

なぜってあそこに固まって物騒なゴシップに熱中しているのは、全員が独身だ。夫婦《ふうふ》喧嘩《げんか》も嫁いびりも経験したことがない、ある意味お気楽な顔ぶれである。

「ほら、よく言うじゃない。『親世帯と子世帯は、スープの冷めない距離がいちばん』って。やっぱ先人の教えって守るべきよね」

「え？　スープの冷めない距離なら、それって同居じゃないの？」

「違う違う。スープを作って運んでいっても、充分あったかいくらいの距離ってことよ。つまり近距離別居。同居だったら『みんなで一緒にスープを飲めちゃう距離』じゃない」

「そっかあ」

　どっと笑い声が起こる。

　つい二年前、亜沙子はあの輪に入る資格を失った。当時はそれが嬉《うれ》しかったが、じきに「喜ばしいことばかりではない」と気づいた。以後、彼女はこうしてすこし離れた席で、ゴシップを聞く側に徹している。

「あっ、そういえば石井主任も、お姑さんと同居でしたよね？」

　声とともに、横から目線が流れてきた。

　――ほら来た。

　そう言いたいのをこらえ、亜沙子は笑顔を作って彼女たちを見やる。好奇心丸出しの視線が無遠慮に突き刺さる。まったく、女ばかりの職場はこれだからいやだ。

「え、なに。なんの話？」

受け答えがわれながらしらじらしい。呼びかけてきた女子社員が、「矢崎さんの……」と言いかけ、横から肘鉄《ひじてつ》を喰らう。その正面に座った社員が早口で、

「えーと、じつは今、みんなで昼ドラの話題で盛りあがってたんです、嫁姑の争いがどうのこうのーってやつ。その流れで思い出したんですけど、石井主任ってお姑さんと二人暮らしをされてるんですよね？」

「えーっ、二人だけなんですかあ」

「でも、ご主人は？」

複数の声で追い打ちがかかる。亜沙子は笑みを崩さず答えた。

「旦那《だんな》はアトランタの支社に赴任中。若いうちはあちこち行かされる業界なのよ。でも、わかっていて結婚したからべつに不満はないわ」

「けどお姑さんと二人っきりって、ちょっとすごいですよね」

「まあね」

亜沙子は肩をすくめた。

「スープが冷めないどころか、熱々よ。しかもそのスープは、毎日お義母《かあ》さんが作ってくれるお手製。ほら、わたし帰宅が遅いし、料理もあんまり得意じゃないから」

「お姑さんがごはん作ってくださるんですか？」

「そう。なにしろ向こうは長年専業主婦やってた人ですからね、丸ごと任せちゃったほうが早いのよ。わたしは稼ぐ係、お義母さんは家事する係。ちゃっかり分業で、楽させ

てもらってるわ」

「すごーい、うらやましい」

「さすが主任。家庭まで能率重視ですか」

「まあ、みんながみんなうまくいくとは限らないスタイルだけど」

亜沙子は微笑した。

「うちはうまくやってるわ。——さいわい、お義母さんもいい人だしね。わたしとは正反対の、すごく女らしくて可愛らしいかたよ」


「ただいま帰りました」

リヴィングに声をかけながら、亜沙子は三和土《たたき》でパンプスを脱いだ。一日座り仕事に徹した足は、指で押したらへこみがしばらく戻らないほどにむくんでいる。

「お帰りなさい、亜沙子さん」

スリッパを鳴らし、義母の芳枝《よしえ》が駆け寄ってきた。

少女趣味な白いエプロンを着けた肩の上で、ポニーテールが揺れる。顔を見ればさすがに中年女性とわかるが、体形が崩れていないせいで、後ろ姿はまるで若妻のようだ。

「わあ、いい匂い。いつもすみません」

「今日は鰆《さわら》よ。塩麴《こうじ》で漬け焼きにしたの。遅く帰ってきて脂っこいものは、亜沙子さんだって食べたくないでしょう」

そうでもないです、という返答を亜沙子は飲みこんだ。独身時代は夜中だろうと、コンビニ弁当や冷凍ピザを缶ビールで流しこんでいたものだ。体によくないとはわかっていた。しかしストレスにはジャンクな食べ物が効くのだ。

芳枝と暮らすようになってからというもの、亜沙子の生活は一変した。健康的な食事。良質な食器。アイロンのきいた衣類。ごみを出し忘れて腐らせることもうない。室内は生花のいい香りで満ち、明るくて清潔だ。まことにありがたい話である。感謝してもしきれない。

そうして亜沙子が礼を言うたび、芳枝はこう答えるのだ。

「いいのよ。こんな素敵なマンションに住まわせてもらってる、せめてものお礼。お父さんが建ててくれたおうちもよかったけれど、わたし、川沿いの高層マンションに一度住んでみたかったのよねえ」

このマンション『サンクレール』の二二〇七号室を亜沙子が購入したのは、四年前の秋だ。当時、彼女は三十九歳だった。

亜沙子は大学を卒業後、アパレルメーカーの仕様部門に就職し、順調な出世を遂げてきた。女ばかりの職場で、出会いは皆無だった。きっと一生このまま独身だろうと、貯金を頭金にしてためらわずローンを組んだ。わずか半年後に未来の夫と出会うとは、そのときは予想だにしていなかった。

芳枝がコンロに向きなおる。

「ね、先にシャワーを浴びてきたらどう。わたし、その間にお皿を並べておくわね」

「ありがとうございます」

言われるがままにシャワーでさっぱりし、着替えて戻る。すでにテーブルでは、あたたかな夕飯が湯気をたてていた。

鰆の漬け焼き、舞茸《まいたけ》の柚子《ゆず》こしょう和え、茗荷《みょうが》とアヴォカドのサラダが、生成りのランチョンマットに整然と並んでいる。茶碗《ちゃわん》と長角皿と小鉢は揃いの有田焼で、箸置《はしお》きはうさぎの形をしていた。むろん芳枝が買いそろえた品だ。

「おいしそう。いただきます」

明るい声をあげて、亜沙子は箸をとった。

嘘ではない。本心からおいしそうだと思っている。昼間、社員食堂で同僚たちに言った台詞《せりふ》だって、けっしていい加減なでたらめじゃない。

――でも、ちょっと疲れる。

帰宅したら、たまにはポテトチップスとアイスクリームを馬鹿食いしたいときもある。風呂《ふろ》あがりには下着姿でうろついたり、ソファにそのまま倒れこんで寝入ったり、派手なドンパチばかりの映画で頭をからっぽにしたいときだってある。だが姑の前でそれはできない。

じつを言うと過去に、

「わたしが帰ってくるまでお義母さんを待たせるのは申しわけありません。たまには夕飯を別べつにしませんか」

と申し出てみたこともあるのだ。

結果は惨敗だった。芳枝はみるみる目に涙を溜《た》め、

「わたし、一人でごはんなんか食べたことないわ。それに、そんな、寂しいじゃない。そりゃあ亜沙子さんがどうしてもって言うなら従いますけど、でも、縁あって一緒に暮らしている仲じゃあないの――」

慌てて亜沙子は義母に平謝りし、前言を撤回せざるを得なかった。

その夜、夫の俊輔《しゅんすけ》にスカイプで「お義母さんを泣かしちゃった、ごめん」と謝罪すると、

「気にすることないよ」俊輔は屈託なく笑った。

「もとはといえば親父がよくないんだ。母さんが泣きさえすれば、なんでも言うことを聞いてやってたから。きみは適当にあしらってくれていいからね」

彼のいる場所と日本とは十三時間の時差がある。朝陽を背にした夫は、いかにも若々しく愉快そうに見えた。

「親父と母さんは年の差夫婦だったからな。お嬢さん育ちでふわふわした妻が、かわいくてしょうがなかったみたいだよ。けど、それにしたって甘やかしすぎたよなあ」

モニタの中で俊輔が頭を掻《か》く。

そんな仕草をすると、この人はほんとに少年みたいだ。亜沙子はいまさらながら感心

した。でも若く見えて当たり前だ、とも思う。なにせ俊輔は、亜沙子より八つも年下なのだから。

はじめて会ったのは、従妹《いとこ》の結婚式の二次会だった。

『俺は男だ』だの『女のくせに』と肩肘張《かたひじは》ったところのない俊輔に、亜沙子はすぐ好感を抱いた。

向こうも憎からず思ってくれたようで、その場で電話番号とアドレスを交換し、とんとん拍子に話がすすんでデートした。

「わたしのどこがよかったの？」

そう尋ねると、

「亜沙子さんの女オンナしてない、きりっとしたところがいいんだ。ネジの抜けた天然女は、うちの母親だけで充分だよ」

と俊輔は苦笑してみせた。

結婚話が持ちあがり、はじめて彼の実家で芳枝に会ったとき、

――ああ、ほんとに彼の言ったとおり。

と亜沙子は感動すら覚えた。

十九歳で俊輔を産んだという義母は、亜沙子と十一歳しか違わなかった。サマーニットに小花プリントのフレアスカートといういでたちで、笑うときは両掌で口を隠し、亜沙子になにか尋ねるたび、いちいち小首をかしげてみせた。

とうの立った嫁を毛ぎらいせず受け入れてくれたのは嬉《うれ》しかったが、

「お仕事はいつまでおつづけになるの？」

「子供は何人くらいが希望？　わたしは自分が一人しか産めなかったから、孫はたくさん欲しいわ」

という台詞には、いささか閉口した。高校を卒業してすぐ結婚し、一度も働いたことがない芳枝には「女でも好んで仕事をする」という概念そのものがないようだった。

悪い人ではないのだ。

悪気も悪意もない、無邪気そのもののような人だ。

――ただ、どうしても価値観が合わない。

その「合わない」相手との二人暮らしは、もう三箇月近くにもなるだろうか。

最初のきっかけは去年の春。俊輔の父の急死であった。

胸部大動脈瘤《りゅう》が破裂し、救急車で運ばれたものの手当ての甲斐《かい》なく死んだ。最愛の夫を失った芳枝は、飲まず食わずで何日も泣きあかした。

葬儀の一週間後、実家から戻った俊輔は言った。

「駄目だ。とてもあんな状態の母を一人にしておけない。きみにはすまないが、このマンションにしばらく母を住まわせてやってくれないか」

亜沙子はふたつ返事で承諾した。

確かに姑《しゅうとめ》は苦手なタイプだ。だが、けして嫌いではない。それに夫を亡くした悲嘆はよく理解できる。三十五年以上ずっと寄り添い、頼ってきた人をいきなり失うなんて、どんなに寄る辺ないだろうと想像するだけで胸が痛んだ。

さらに事態が急展開したのは、わずか二箇月後だ。

俊輔に海外赴任の話が舞い込んだのだった。

ずっとアパレル一本でやってきた亜沙子には、彼が従事する金融業界のルールはいまひとつわからない。だが若いうちは赴任の命令を断れないこと、断れば今後のキャリアに影響する赴任であることは把握できた。亜沙子にできるのは、

「行ってきて。留守はお義母さんとわたしで守るから」

と請け合うことだけだった。

対照的に芳枝はわんわん泣き、「お母さんを置いていくの」、「親不孝者」、「お父さんの一周忌もまだなのに」と駄々をこねた。だが涙で息子は折れないと悟ったのか、最終的には渋々受け入れた。

以来、亜沙子と芳枝はこの3LDKのマンションに二人で暮らしている。

俊輔との十三時間の時差を、亜沙子はスカイプで、芳枝は国際電話とエアメールで乗りきっている。とくに芳枝はしばしば時差を忘れてしまうらしく、

「母さんの、夜中の電話爆撃には参るよ」

と俊輔は苦笑顔で愚痴っていた。とはいえ実の母親相手に、さすがに無下にはできないようで――。

「――亜沙子さん、考えごと？」

義母の声に、はっと亜沙子はわれに返った。

「あ、すみません。ええと、つい仕事について」

いつの間にか止まっていた手をあげ、箸を持ちなおす。焼き目のついた鰆《さわら》の皮を、箸先で割く。

芳枝が微笑んだ。

「大変だろうけど、根を詰めないでね。ごめんなさい、うちの子にもっと甲斐性《かいしょう》があれば、あなたに外で苦労なんかさせないのに」

「いいえ、そんな」

「大丈夫よ。海外勤務が終わればお給料もあがるでしょうし、あなたに楽をさせてあげられるわ。そうなれば孫を作る余裕もできるしね。もうすこしの辛抱よ」

「ええ。……はい」

鰆の身を箸でむしり、亜沙子はうつむいた。


「あら？　石井さん、今お帰りですか」

エントランスで呼びかけられ、亜沙子は振りむいた。途端に頬をほころばせる。

声の主は、同じく住人の波佐野羽美であった。

「石井さんにしては早いご帰宅ですね。びっくりしちゃった」

「なんでびっくりするんです。あのね波佐野さん、今日は何曜日だと思ってます？」

「え？……あ、そうか。土曜日か！」

羽美は大げさに手を打った。

亜沙子は愛用のトートバッグを肩で揺すって、

「こちとら休日出勤なんですよ。いくらなんでも土曜までサービス残業してられませんって。まったく、曜日の感覚もない優雅なご身分のかたはこれだから」

「ちょっと、そこまで言うことないじゃないですかー」

波佐野羽美は、このマンション『サンクレール』に複数の部屋を所有するオーナーだ。先代オーナーだった父親が亡くなり、一人娘の彼女が継いだかたちである。しかしさばけていて話しやすく、金持ちぶったところは微塵《みじん》もない。

「そういえば二階の角部屋、どなたか入居されたんですね」

亜沙子が言うと、

「えっ、よくご存じで」羽美は目をまるくした。

姑からの情報です、と亜沙子はあえて言わずにおいた。日中暇なせいか、芳枝はとにかく近隣のゴシップに敏《さと》いのだ。

「あの部屋って、なんでかずっと空いてたじゃないですか。角部屋だし東南向きだし、最高の物件でしょう。ほんと言うとわたしも狙ってたんですよ」

「あら、それは初耳」

亜沙子の冗談に羽美は笑って、

「あそこはたぶん、父が老後住むつもりで空けていたんだと思うの。歳をとると、高層階はエレベータでも昇り降りがしんどいって言いますしね」

「波佐野さん自身は、あそこに入居する気はなかったんですか」

「ええ、わたしは一階で充分。防犯面がどうこうって言う人もいるけど、こんなバッイチおばさんを襲いたがる物好きなんていないでしょ」

「なに言ってんです、謙遜《けんそん》しちゃって」

軽口を応酬しながら、亜沙子は集合ポストを開けた。封筒を選り分ける。

その手が、ぎくりと止まった。

――不妊治療費助成事業のご案内。

差出人は、県庁所在地の保健所だ。こんな資料を申請した覚えはない。承諾も得ず、勝手に送りつけてくるとも思えない。間違いない――義母の仕業だ。

「石井さん？」

怪訝《けげん》そうな羽美の声に、はっと覚醒《かくせい》する。

「すみません。立ったままぼうっとしちゃった」

亜沙子は振りかえり、強いて笑顔を作った。

「なんだか疲れてるみたい。……今日は、早く帰って休みますね」

帰宅すると、めずらしく芳枝はキッチンで待ちかまえていなかった。コンロにはシチューの鍋《なべ》がかかっているが、肝心の芳枝は自分の部屋に籠《こ》もっているらしい。

――具合でも悪いのかしら。

ノックしてみようとも思ったが、結局やめた。

寝ているのだとしたら起こしてしまうかもしれないし、それに今義母の顔を見たら、この封筒について問いただしてしまいそうだ。

芳枝が孫を望んでいるのは知っている。しかし亜沙子はもう四十三歳だ。激務のせいか、三十を超えてから生理も不順になった。子はかすがいと言うが、べつに無理してまで、と思っていた。

――できちゃったら、仕事だって辞めなくちゃいけないし。

亜沙子はため息をついた。

ある意味、そこがいちばんのネックと言える。結婚、出産でキャリアをあきらめる同僚を、彼女は身近で何十人と見てきた。ああはなりたくなかった。第一このマンションのローンだってまだ残っている。俊輔に肩代わりさせたくはない。

――万が一、子供ができたとしたら。

仕事を辞める選択肢はなかった。ならば、誰かに預けるほかないだろう。

保育園やベビーシッターという手もあるが、同居の姑がいるのだから十人が十人「お姑さんに任せれば」と言うに決まっている。

だが亜沙子としては、芳枝にわが子を預けるのは避けたかった。

芳枝は十九歳で一人息子の俊輔を産んだ。しかし育てたのはほとんど芳枝の実母だったという。その話を聞かされたとき、内心でさもありなんと亜沙子は思った。

どう考えても芳枝に子育ては向いていない。永遠の少女である彼女にできるのは、子供と同じ目線で遊びながらべたべたと甘やかすことくらいだろう。現に実子の俊輔が、

「幼稚園の年長くらいまで、ばあちゃんが母親で、母さんは『母さん』って渾名《あだな》の姉だと思いこんでたよ」

と自嘲《じちょう》しているほどだ。

亜沙子は迷った末、『不妊治療費助成事業のご案内』の封筒をリヴィングのごみ箱に捨てた。

意思表示のつもりだった。

朝になってこれを見れば、いくら義母でも亜沙子の気持ちを悟ってくれるに違いない。理解してくれるかはわからないが、無理強いはしてこないはずだ。

――ごめんなさい、お義母さん。

ごみ箱にそっと掌を合わせ、亜沙子はきびすを返した。

亜沙子が異変に気づいたのは、さらに翌日のことだった。

やはり芳枝は、キッチンでもリヴィングでも亜沙子の帰宅を待っていなかった。あの寂しがりやの芳枝が、二日もつづけて部屋に籠もったままだなんてはじめてだ。

やはり病気だろうか。だとしたらわたしが病院に連れていってやらねばならない。芳枝は自力ではタクシー一台呼べないような人だ。保険証ですら「なくすといけないから」という理由で、嫁の亜沙子に管理させている。

意を決し、義母の部屋の前に立った。

ドアの隙間から灯りが洩《も》れている。どうやら眠ってはいないらしい。テレビだろうか、人の声がする。

「お義母さん」

ノックののち、呼びかけてみた。

室内の声が止まる。

亜沙子はいぶかしく思った。テレビなら、こちらの呼ぶ声に反応したりはするまい。お客が来ているのだろうか？　でも、こんな時間に？　それに、三和土《たたき》に靴はなかったはずだ。

亜沙子はノブを握った。鍵《かぎ》はかかっていない。

「お義母さん、具合でも悪――」

悪いんですか、と言いかけた声は途中で消えた。

まるく見ひらいた眼が二対、室内から亜沙子を見かえしていた。

一対は芳枝のもの。そしてもう一対は、見知らぬ子供のものであった。

男の子だ。二、三歳に見える。白いシャツにハーフパンツという格好で、芳枝の向かいに足を投げだして座っている。

亜沙子は啞然《あぜん》と立ちすくんだ。

突然、芳枝が男の子の肩をつかみ、かばうように抱きしめた。どうやら咄嗟《とっさ》に亜沙子の目から隠そうとしたらしい。亜沙子は一瞬にして乾いた唇を舐《な》め、言った。

「ど――どこの子ですか？　親戚《しんせき》の子？　それとも近所？　お義母さん、いつ、預かってきたんですか」

そらぞらしい台詞《せりふ》を吐きながらも、亜沙子はめまぐるしく頭を回転させていた。

わかってる、違う。これは違う。そんなんじゃない。

だって、あの芳枝の怯《おび》えた目つき。震える背中。もし正当な理由で預かった子なら、あんな態度をとるはずがない。あれは――。

――あれは、叱られるのを恐れている子供の態度だ。

「お義母さん」

できるだけやさしい声で、亜沙子は言った。芳枝の肩がびくりと跳ねる。

「教えてください。その子はどこの子ですか？　どうしてうちにいるんですか。その子のお母さんは、今どこなんです？」

「し、知らない」

「知らないって……」

「だって。だって、可哀想だったんだもの」

芳枝が声を高くした。

「買い物に行って、見つけたの。あんな広いショッピングセンターの中で、この子、たった一人で歩いてたのよ。可哀想じゃない。目を離す親が悪いのよ、そうよ」

「お義母さん」

「すこし遊んであげるだけのつもりだったの。でもほら、見て。こんなになついてくれてる。おとなしい、いい子なのよ。聞き分けもいいし、なんでも食べるし」

早口でまくしたてる芳枝の口から、つばの飛沫《ひまつ》が飛ぶ。その腕の中から、幼児が澄んだ瞳《ひとみ》できょとんと亜沙子を見あげている。

――なんてことだ。

額に滲《にじ》んできた汗を、無意識に亜沙子は拭《ぬぐ》った。

姑《しゅうとめ》は迷子の幼児を、勝手に連れ帰ってきてしまったらしい。おそらく昨日からこの子はうちにいたのだろう。嫁にばれたら叱られるからと、部屋から出ずに隠していたのだ。

「ゆ、……誘拐ですよ。なんてことを」

「誘拐じゃないわ。人聞きの悪いこと言わないで」

芳枝は食ってかかってきた。

「しょうがないじゃない。だって、こんなちいさな子よ。一人きりであのままにしておくなんて、可哀想でできなかったわ。そんな――そんな、鬼みたいなこと」

鬼ですって。亜沙子は呆《あき》れた。迷子を見つけたと、近くの店員に預ければよかっただけじゃない。

店員なら場内アナウンスで、すぐに親を呼び出せただろう。そうすればこの子は、実親と無事おうちに帰れていたはずだ。

――なのになんてことを。この人ったら、なんてことを。

立っていられず、亜沙子は壁にもたれかかった。そんな彼女を後目に、

「あーちゃん、ほら、亜沙子おばちゃんにご挨拶《あいさつ》して。はい、お名前言ってね」

「あお」

「そうね。あおちゃんね。よくできました、いい子、いい子……」

大仰な仕草で、芳枝は拍手してみせた。

ベッドに横になっても、亜沙子は悶々《もんもん》と眠れなかった。

あれほどに義母が愚かだとは、今のいままで思ってもみなかった。

浮世離れした子供っぽい人だとは知っていた。常識より己の欲求を優先する人だともわかっていた。しかし犯罪の垣根をこうもやすやす越えるとは、想像だにしなかった。

――まさか、ぼけたんじゃないわよね。

芳枝はまだ五十四歳だ。しかし早発性ということも考えられる。いやそれとも更年期

だろうか。夫を亡くし、息子が外国へ行ってしまったのがストレスだったのか。

亜沙子は寝がえりをうった。

ほんとうならすぐにあの子を警察に連れて行きたかった。だが残念ながら、明日も早くに出社しなくてはならない。

「いいですか。明日わたしが仕事に行っている間に警察に行くか、ショッピングセンターの店員に預けてきてください。絶対ですよ。これ以上は、うちに置いておけませんからね」

芳枝にはそう、口が酸っぱくなるほど言い聞かせた。しかし彼女は「でも、でも」、「可哀想」と泣くだけだった。

「なに言ってるんですか。実の親から引き離しているほうが、よっぽど可哀想でしょう！」

亜沙子が声を荒らげると、ひぃーッと芳枝は高い嗚咽《おえつ》を洩らした。「あお」と名乗った子供も、二人の声が怖かったのか半べそをかいていた。

こめかみを亜沙子は指で押さえた。

そうだ、わたしは義母のような人は、もともと苦手なんだ――。

理性で押しこめていたはずの感情が、胸の奥で頭をもたげる。

ああやって、泣けば許してもらえると思っている人。自分の可愛らしさを過信している人。けして責任はとらず、まわりになんとかしてもらおうとばかり考えている〝永遠の女の子〟。

今までの半生で、同じタイプに何人か出会ってきた。いずれも部活の後輩や、職場の部下などだった。目下の相手だったから、心おきなく叱責できた。

――でも今回の相手は、義母だ。

目上の相手であり、夫の実母だ。頭ごなしに怒鳴りつけるわけにいかない。嫌われたくもない。対応に困る。

何度目かの寝がえりののち、亜沙子はあきらめて起きあがった。

電灯をつけ、パソコンを立ちあげる。

ネットに接続し、『男児行方不明』、『ショッピングセンターにて幼児誘拐か』等のニュースを探した。しかし該当する報道は見あたらなかった。

次いで『誘拐罪』について調べる。ウィキペディアによると『未成年者略取及び誘拐罪（刑法二二四条）』は三月以上七年以下の懲役だそうであった。

亜沙子は指でこめかみを揉《も》んだ。

――大丈夫。初犯だし、営利目的じゃないもの。きっと執行猶予がつくはず。

そう自分に言い聞かせた。だが心にかかる黒雲は消えなかった。

――もし大騒ぎになったら、夫のキャリアはどうなるだろう。そして、わたし自身のキャリアは。

すぐにも一一〇番通報しない理由はそこだ。

なんのかの言っても、亜沙子だって己の身が可愛いのだ。

人の口に戸は立てられない。たとえ重罪にはならなかったとしても、警察沙汰《ざた》になればなんらかの噂は立つに決まっている。

デスクに肘《ひじ》を突き、亜沙子は頭を抱えた。

――わたしは義母が夢みたような嫁にはなれない。

その点に関しては、確かに罪悪感がある。若くなく愛らしくもなく、芳枝のショッピングやカフェめぐりに付きあいもせず、いちばんの望みだろう〝孫の顔〟を見せてやれない嫁だ。

だがしかたがないではないか。だって俊輔は亜沙子を選んだのだ。そして亜沙子は、亜沙子以外のものにはなれない。

肺から絞りだすようなため息をつき、パソコンを落とした。

とにかく寝よう、と思った。

眠るしかない。どんなに悩もうと強制的に夜は明ける。

そして朝になれば、いやでも出社時刻は来るのだから――。

翌朝、亜沙子は朝食もとらずに家を走り出た。

出勤途中のコンビニでLサイズのコーヒーを胃に流しこみ、タイムカードを押してから、会社の化粧室でメイクをした。

午前中はパタンナーとの打ち合わせで、午後は縫製部門の課長とやりあって終わった。終業時間が過ぎてももちろん帰れず、十時過ぎまでフレックス出勤の本社社員と意見を延々ぶつけあった。

くたくたになってマンションに帰る。

なかば以上予想していた光景がそこにあった。

芳枝と子供は、のんきにリヴィングでDVDを観て笑っていた。レンタルしてきたらしいアニメのDVDだ。ご丁寧に、一巻から五巻まで借りてきていた。

亜沙子は寝室へ走り、パソコンを立ちあげた。

ネットでニュースをくまなくチェックする。あんなちいさな子がいなくなったんだから、今ごろ親は大騒ぎのはずだ。しかしそれらしき報道は、やはり見つけられなかった。

——もしかして、捨て子なのかも。

迷子ではなく、意図的に捨てられた子なのかもしれない。だから親は捜索願を出していない。ありそうな話に思えた。

——邪魔にされていたのだろうか。それとも虐待されていたとか？

リヴィングに戻り、遠目に子供を観察してみた。だが『あお』の手足に、傷や火傷《やけど》の痕跡《こんせき》は見あたらなかった。不自然に痩《や》せてもいない。

通報すべきだとはわかっていた。だがその勇気が出なかった。

迷ううちに日はだらだらと過ぎ、いつしか一週間を超えた。

カレンダーを眺め、「これじゃ完全に共犯だわ」と亜沙子は絶望した。

憔悴する亜沙子とは対照的に、芳枝は日に日にいきいきと若がえっていった。

男児の名は、どうやら正確には葵というらしい。

「あーちゃん、あーちゃん」

「あーちゃん、そっち行っちゃメッよ」

「ママの言うこと聞いて。おりこうさんね、あーちゃん」

芳枝の呼称は「ママ」で、亜沙子は「亜沙子おばちゃん」だった。それを聞くたび亜沙子は鳥肌を立てた。べつだん自分がママと呼ばれたいわけではない。ただただ、薄気味悪かった。

俊輔には言えなかった。スカイプのたび「なにもないわ」、「うまくいってる」と言いつづけた。己の失態を責められ、幻滅されるのが怖かった。

やがて芳枝は亜沙子の目をはばかることなく、葵をリヴィングで遊ばせ、キッチンで食事やおやつを食べさせるようになった。

ある日帰宅して、亜沙子はぎょっと目を見張った。

芳枝は膝丈《ひざたけ》の真っ白いワンピースを着ていた。見覚えがあるデザインだ。そう、あれは確か――。

「お義母さん、それ……」

「あら、お帰りなさい」

振りかえり、花のように芳枝は笑った。

まぎれもなく、亜沙子が二十代の頃に着ていたワンピースだった。体形が変わって着られなくなったが、捨てるのも業腹で簞笥《たんす》の肥やしにしていたブランドの一点ものだ。いたってしっくりと芳枝は着こなしていた。

体のラインを強調するシルエットは、去年亜沙子が着たときは背中と腹の肉を醜く浮きあがらせたというのに、今は芳枝のほっそりしたウエストや二の腕を際立たせるばかりだった。認めたくはないが目の前の姑《しゅうとめ》は、ストレスでやつれた亜沙子よりずっと若々しく見えた。

「亜沙子さんはもう着ないみたいだから、もったいないと思って」

小首をかしげ、芳枝は可憐《かれん》に微笑んだ。

「そう。――そうですか」

亜沙子は、乾いた声を喉《のど》から押し出した。

週末はひさしぶりに、本来の土日休みがもぎとれた。

二日間めいっぱい寝てやる、と亜沙子は思った。

いつもなら休日にまとわりついてくる芳枝は、どうせ葵にかかりきりだ。問題を先送りしている後ろめたさは拭《ぬぐ》えなかったが、とにかく体と脳を休めたかった。

まずスマートフォンの電源を切った。仕事用のバッグに放りこみ、クロゼットを閉める。月曜の朝まで絶対に電源は入れるまいと決心した。これから四十八時間、仕事を自分から完全に切り離そう。そして泥のように眠ろう。寝て、眠って、休んで、頭をすっきりさせなくてはなにひとつ正常に考えられる気がしない。

鏡を覗《のぞ》いた。額にも顎《あご》にも、吹き出物がびっしりだった。十一歳年上の芳枝がつやつやと目もとはたるみ、気のせいか白髪が増えた気がする。美しくなっていくというのに、いったい今のわたしはなんだろう。

リヴィングを覗く。芳枝と葵が笑顔でたわむれていた。床には芳枝が買い与えたらしい玩具《おもちゃ》が散らばっている。テーブルはこぼした菓子のくずやクリームまみれだ。画用紙からはみ出したらしいクレヨンの線が、オーク材の床にでたらめな模様を描いている。

――それ、わたしが買ったテーブルよ。わたしがローンを払っているマンションの床なのよ。

怒鳴りつけたい衝動を、意志の力でこらえた。

予想どおり、芳枝はしつけひとつしない。いや、できないと言ったほうが正確か。甘やかして一緒に遊ぶだけで、声を荒らげることすらしない。

「おやすみなさい」

苛立《いらだ》ちを抑え、声をかけた。

「おやすみなさい。ほら、あーちゃん。亜沙子おばちゃんに、おやすみしなさい」

「あーさこおばーちゃーん、おやすーみなさぁーい」

妙な節をつけて葵が手を振る。その抑揚のせいで、「おばあちゃん」呼ばわりされた気がして、思わず頬がこわばる。

逃げるように亜沙子は自室へ走った。

ドアを閉め、鍵《かぎ》をかける。遮光カーテンを隙間なく閉ざし、ベッドへもぐりこむ。叫びだしたい、と思った。なんでもいいから叫んでわめいて、暴れてやりたい。だがそんな真似ができるはずもなかった。

すべてを呑《の》みこみ、亜沙子は枕に顔を埋めた。


目覚めると、昼過ぎだった。
十二、三時間は眠ったらしい。起きあがり、トイレに向かう。キッチンからは楽しげな二人の声が聞こえてきた。亜沙子は自室へ戻り、すぐベッドへ横たわった。
ふたたび目を覚ますと、時計は夕方の四時になっていた。

妙に静かだ。亜沙子は首をもたげた。ドアの向こうに人の気配が感じられない。

廊下へ出てみたが、やはり芳枝の声も、葵の声もしなかった。

リヴィングへ入る。相変わらずぐちゃぐちゃに散らかったリヴィングは、無人だった。

テレビはアニメを一時停止にした画面のままだ。

テーブルにメモが残されていた。

起き抜けでかすむ目をこらし、亜沙子はメモを読んだ。

『あーちゃんとお買いものに行ってきます　よしえ』

顔から血の気がひいた。

芳枝が買い物に行く先は、巡回バスの便がいい郊外のショッピングセンターと決まっている。葵をさらってきた、まさにその現場だ。

亜沙子はメモを握りしめた。

馬鹿なことを。なんて馬鹿なことを。あの人、ほんとに頭がどうかしてしまったんじゃないだろうか。

――その子供は、あなたの孫でもなんでもないのよ。赤の他人よ。それどころか、誘拐してきた子なのよ。

その子をよりによって誘拐現場に遊び気分で連れて行くなんて。探し人のポスターがべたべた貼られ、警備員が逐一チェックしているかもしれないのに。

もし現行犯で捕縛されたら、お義母さん、あなたどうする気なの。わたしと俊輔さんの未来をどうしてくれるのよ――。

亜沙子は車のキイをとり、マンションを飛びだした。

寝巻き代わりのスウェットにサンダル履きだ。だが、かまっていられなかった。夢中で車を走らせた。

週末の道路は混んでいた。ショッピングセンターの駐車場はもっと混んでいた。苛々《いらいら》しながらも誘導員の指示にしたがって車を駐め、そこでようやく、スマートフォンを持ってこなかったと気がついた。

亜沙子は半狂乱で、ショッピングセンターを駆けまわった。行き過ぎる人びとが皆、ぎょっとした目を向けてくる。

髪を振り乱し、汗まみれになって亜沙子は走った。

だが義母と葵の姿は、どこにも見あたらなかった。

どれほど経ったのだろう。亜沙子は足を止めた。これ以上は走れなかった。息をおさめながら、壁にもたれかかる。

――お義母さんたちは、もう帰ったのかもしれない。

いやもしかしたら、とっくに捕まってしまったのか。

パトカーのサイレンは聞こえなかったが、騒ぎを回避するため無音で来た可能性もある。それとも亜沙子が着くはるか前に逮捕されたのかもしれない。

「あら、亜沙子さん？」

聞き慣れた声がした。

体ごと、弾かれたように亜沙子は振りかえった。

芳枝がいた。葵の手をひき、片腕にバッグをさげて、いとも優雅に歩いてくる。亜沙子の全身から力が抜けた。

「亜沙子さんもお買い物？　だったら一緒に来ればよかったわねえ」

「いえ、あの……」

「車で来たんでしょう？　会えてよかったわ。帰りは亜沙子さんに乗せてもらおうね、あーちゃん」

芳枝が慈母の笑みで葵を見おろす。葵がきゃっきゃっと笑う。

なにも言えずに立ちつくす亜沙子の真横から、突然チラシが突き出された。

驚いて目をあげる。ホストのような風体の若い男が、チラシの束を抱え、にやついていた。

「すいませーん、よかったらアンケートにご協力お願いできますかぁ。エステとか興味あります？　ネイルは？　美顔器は？　よかったら近くに事務所があるんで、そこでアンケートに答えてくれません？」

いわゆるキャッチセールスというやつらしい。しかし男の目は亜沙子を素通りし、まっすぐ芳枝に向いていた。

「いいえ、すぐに帰ってお夕飯の支度をしないと」

芳枝が笑顔で手を振る。男が詰め寄るようにして、

「十分で済みますから。いえ、五分。五分だけ。ね？　すぐ済みますって。ほんと、簡単なアンケートに答えてもらうだけなんで。ほんの一枚さらさらっと。買い物でお疲れ

でしょうし、座って休んでいきましょうよ」

「そんな、困るわ」

「エステ、奥さんだってお好きでしょ？　今どきはママでも女を忘れないってのが常識ですからね。いえいえ、奥さんはそのままでも充分お美しいですよ。でもね、もっときれいになれば旦那《だんな》さんだって……」

おもねるように、男は亜沙子を振りむいた。

「ね、おばあちゃんだって、お嫁さんがきれいだと自慢ですよね？」

亜沙子はその場に凍りついた。

かたや上下スウェットにノーメイクで、白髪まじりのざんばら髪を結んだだけの亜沙子。かたやきれいに薄化粧し、髪を整え、亜沙子の若い頃の服を着た芳枝——。

あきらかに、若く美しく見えるのは芳枝のほうだった。

青ざめていた亜沙子の顔に、今度はかっと血がのぼる。屈辱だった。怒りと悔しさで、体が内側から燃えるようだ。

「お義母さん、行きますよ」芳枝の腕をつかんだ。

「え、でも、亜沙子さん」

「こんなセールスにいちいち取りあわないでください。行かないなら、置いていきますからね」

男から剝《は》がすように、強引に義母の腕を引いた。

あとも見ず、エレベータに向かって大股《おおまた》に歩く。痛いわ亜沙子さん、と芳枝が叫んでいたが、無視した。視界がなぜか涙でぼやけた。

――嫌いだ。

ええ、今度こそ認めよう。わたしはこの義母が嫌いだ。いい嫁であろうとしてきた。俊輔さんの実母なのだからうまくやっていこうと努力してきた。でも、駄目だ。わたしはこの人が大嫌いだ。顔も見たくない。

――でも、マンションから追い出すまではできない。

そしていまさら通報もできない。芳江の腕を引きながら、亜沙子は唇を嚙《か》みしめた。

マンションの玄関で義母と葵をおろし、亜沙子は地下駐車場へハンドルを切った。

全身に疲労がべったりとまとわりついていた。なにも考えたくなかった。

手も足も重い。鉛のようだ。一秒でも早くベッドに戻って目を閉じたい。今は眠りの中以外、安らげる場所がどこにもない。

車を降り、のろのろと駐車場を歩く。エレベータへ向かう。

「あ、石井さん」

波佐野羽美が立っていた。振りむいて会釈する彼女に、会釈を返す。なんとか愛想笑いを浮かべることができた。

「今週はお休みがとれたんですね」

「ええ、まあ」

亜沙子はうなずき、「ちょっとコンビニへ」と言いわけがましく付けくわえた。こんな格好で行ける場所は、本来ならコンビニくらいだ。自嘲《じちょう》する彼女には気づかず、羽美は笑顔で言った。

「そういえば、ちびちゃんはお元気ですか？」

ゆっくりと、亜沙子は目をあげた。

「……は？」

「お義母さまが最近、いつもお連れでしょう。ご親戚《しんせき》の子を預かってらっしゃるとか」

屈託のない語調だった。

亜沙子はふたたび笑みを作ろうとした。だが、失敗した。頬がこわばり、筋肉が言うことを聞いてくれなかった。

「え、ええ。親戚の子です」舌がもつれた。

「すこしの間、預かっていて。親が、そう、親がね、入院中で。その間だけ」

羽美がなんと相槌《あいづち》を打ったかは耳に入らなかった。

亜沙子はただ胸の内でつぶやきつづけていた。どうしてくれよう。今度勝手な真似をしたら、あの人、あいつら、どうしてやろう——。

「夏季休暇がとれたよ。やっと帰国できる」

俊輔からそう連絡が入ったのは、翌週であった。亜沙子はすぐにリヴィングの芳枝へそれを伝えた。

喜ぶ彼女に、冷ややかに亜沙子は告げた。

「彼が帰るまでに、その子をどうにかしてくださいね」

意味がわからないらしく、芳枝が目をしばたたく。

嚙んで含《ふく》めるように、亜沙子は重ねて言った。

「もし俊輔さんがその子を見たら、間違いなく彼は通報しますよ。それがいやなら自首するなり、どこかへ隠すなりしてください。わたしは知りませんからね。その子を連れてきたお義母さんが対処してください」

芳枝の頰がみるみる色を失っていく。

いい気味だ、と思ってしまうのを亜沙子は抑えられなかった。

芳枝に一人で苦境をしのぐ技量などないのはわかっていた。せいぜい困ればいい。困って、泣いて、どうせすがりついてくるに決まっている。心から反省して謝ってきたら、わたしだって、すこしは協力してやらないこともない。そう思っていた。

だが案に相違して、数日経っても芳枝は彼女に泣きついてはこなかった。

俊輔が帰るまであと二日とせまった頃、帰宅した亜沙子に向かって、芳枝は声を弾ませて言った。

「亜沙子さん、あーちゃんのこと、大丈夫よ。ベビーシッターが見つかったの。今日から俊輔が帰るまで、あの子を預かってくださるって」

「は?」

亜沙子は眉根《まゆね》を寄せた。そういえば葵の姿が見あたらない。

「ベビーシッターって……、どこの業者ですか」

「業者じゃないのよ。このマンションの二階に住んでらっしゃるの。ここの住民なら身元もしっかりしてるし、安心よねえ」

「な、……」

亜沙子は声を失った。

まじまじと姑《しゅうとめ》の顔を見かえす。芳枝の微笑にはひとすじの崩れもなかった。

しかし、眼がおかしい。微妙に焦点が合っていない。

「……二階の、どこの人なんです」

「二〇九号室のかたよ。女の人。まだ若いようだったけど、なにかの資格を持ってるとかで、子供の扱いには慣れてるんですって」

駄目だ、と亜沙子は思った。駄目だ、この人とじゃ話にならない。

「お金のことなら平気よ。お父さんが遺してくれた貯金があるし、亜沙子さんに出させたりしないから、安心――」

しゃべりつづける芳枝を置いて、亜沙子は部屋を出た。

エレベータへ向かう。下降ボタンを押し、苛々《いらいら》と待つ。

二〇九号室はいちばん奥の角部屋だった。以前に羽美と話題にした、まさにその部屋だ。ふだん二階には用がなく、住人の顔はいまだ一度も見たことがない。

インターフォンを押した。

「はい」女の声が応えた。

亜沙子は嚙みつくように、

「あの、二十二階の石井です。うちの義母が、そちらに子供を預けたとお聞きして」

「ああ」

そっけなく鼻を鳴らす気配がした。

「そのことならお姑さんと話はついてますから、ご心配なく」

「ご心配なくって、あの――」

「それじゃ」

ぶつりと切れた。

亜沙子は呆然《ぼうぜん》と立ちすくんだ。とりつくしまもない、とはこのことだ。

あんな人に任せて大丈夫なんだろうか。いったい芳枝はなんと言って彼女に葵を預けたのだろう。まさか「迷子を連れてきた」なんてところから話していたならどうしよう。

再度インターフォンを押した。

だが、応答はなかった。何度試しても同じだった。木で鼻をくったような沈黙が返ってくるだけだ。

ふと、物音がした。

非常階段のほうからだった。単調な、規則的な音である。なんだか薄気味が悪い、と思いながら亜沙子は首を伸ばし、非常階段をうかがった。

そこに、葵がいた。

一人だ。ピンクいろのゴムボールを壁にぶつけて遊んでいる。

——なんでこんなところに。なんで一人で。

亜沙子は全身の産毛が逆立つのを感じた。

誰かに見られたらどうするのだ。あなたどこの子、と訊《き》かれて、葵はきっと答えられまい。警察に通報されたらおしまいだ。

調べられたら、きっとなにもかもわかってしまう。芳枝とこの子が連れだって歩いているところを、羽美も、キャッチセールスの男も、大勢が見ている。

亜沙子は飛びだし、葵の肩をつかんだ。

隠さなければ、と思った。これ以上この子を他人に見られてはまずい。

それにしてもあの二〇九号室の女はなにをしてるんだろう。預かったんじゃないのか。なんて無責任な。あの女も、芳枝も、葵も、どうしてわたしに迷惑ばかりかけるのか。

「いやあ、痛い」

葵が声をあげ、いやいやをする。亜沙子は焦れ、口をふさごうとした。

「黙って。静かにして」

「やだあ、離して。痛い、痛い」

「静かにしてったら、こっちに来て」

「いやああ」

　葵が泣きだした。

　どうしよう、と細い肩をつかんだまま亜沙子は思った。気ばかりあせる。手がわななき、膝《ひざ》が笑う。どうしよう。どうしよう。どうしよう。

「いやあ。いや、嫌い」

「お願い、黙って」

「嫌い、ばあば！　ばあば、ばば、嫌い！」

　瞬間、かっと亜沙子の頭に血がのぼった。

　それからのことを、亜沙子は断片的にしか覚えていない。葵の喉《のど》にかかった己の両手。手の甲にくっきり浮いていた静脈の青さ。葵の唇から覗《のぞ》いた舌。見ひらいたまま、眼窩《がんか》からこぼれ落ちそうに膨れていった眼球。

　気がついたときには、すべてが終わっていた。

　コンクリの床に、葵はだらりと力なく横たわっていた。

　亜沙子はその横にへたりこみ、葵を見つめた。長い間、見つめていた。

　嘘よね、と思った。

　嘘よ。こんな簡単に人間が死ぬわけがない。ちょっと揺さぶって絞めただけなのに。

いくら子供とはいえ、こんなにたやすいなんて。

一縷《いちる》の望みをかけ、鼻と口の上に掌をかざす。

しかし、葵はやはり息をしていなかった。


それから、どれほどの時間が経ったのか。

数分だったかもしれない。一時間近かったかもしれない。

亜沙子は緩慢に立ちあがった。

葵を抱えあげ、彼女は非常階段をゆっくりのぼっていった。

二階から二十二階までは遠い。だがエレベータは利用者が多く、使えなかった。

ふくらはぎの筋肉が軋《きし》んだ。だがのぼるしかなかった。震える足を叱咤《しった》し、亜沙子は階段をのぼりつづけた。

自分の部屋へすべりこむ。

三和土《たたき》に芳枝の靴はなかった。どうやら買い物に出かけたらしい。ほっとした。

亜沙子は寝室へ走った。

クロゼットの抽斗《ひきだし》を開ける。芳枝に服を抜かれたスペースが、ぽっかりと空いていた。

迷わず亜沙子は葵をそこへ押しこんだ。

洗面所の収納にストックしておいた防虫剤と防臭剤を、ありったけ持ってきて葵のまわりに詰めた。詰めこみながら、防腐剤も買ってこなくちゃ、と思った。

死体ってどれくらいで臭くなるんだろう。とりあえず、俊輔がいる間だけごまかしきれればいい。彼がいるうちはアロマを焚《た》いたり、匂いのきつい料理を作ってまぎらそう。そうして俊輔が発ったら、すぐに車でどこかの山へでも埋めてこよう。

抽斗を閉めた。

亜沙子は床に座りこんだ。

手の震えは、なぜか止まっていた。

「ただいま、亜沙子。母さんも元気そうだ」

ひさしぶりに見る俊輔は、日焼けして精悍《せいかん》だった。

亜沙子は前日に、美容院で白髪をきれいに染めていた。ネイルも施したし、最近つけていなかった香水も香らせた。義母と並んでも、目立って見劣りすることはないはずであった。

芳枝は葵の存在など忘れたように、上機嫌で「俊ちゃん、俊ちゃん」と息子にまとわりついた。俊輔はそんな母を苦笑であしらい、亜沙子の耳に口を寄せた。

「母さんによくしてくれてありがとう。じつを言うと、二人きりで残してきたのを後悔してたんだ。でも杞憂《きゆう》だったみたいだな」

「ええ」亜沙子は微笑んだ。

「わたしたち、うまくやってるわ」

「だろうな。母さんを見ればわかるよ。いきいきして、十歳も若がえったみたいだ」

かすかに亜沙子の笑顔が引き攣《つ》った。

だが俊輔は気づかなかったようだ。彼は鼻をうごめかして、

「いい匂いがするな。今夜はカレー？」

「まさか。今夜はごちそうよ、お義母さんが腕をふるった和食。カレーは明日の昼食用にわたしが仕込んでおいたの。アメリカじゃ、日本ふうのカレーはなかなか食べられないでしょう」

「気が利くね。さすがだ」

アメリカナイズされた仕草で、俊輔は妻の頰《ほお》にキスをした。

夕食の席はなごやかに過ぎた。

芳枝が時おり「それで、あーちゃんがね」と口に出すことはあったが、

「よそのおうちの子よ、たまに遊びに来るの」

と、亜沙子がその都度とりなした。

芳枝は息子が帰ってきたのが嬉《うれ》しくてたまらないらしく、常の三倍もおしゃべりだった。俊輔もひさびさの帰国で高揚しているのか、よく飲み、よく食べた。

顔に笑みを貼りつけた亜沙子だけが、終始神経をとぎすませ、全身を緊張させて座っていた。

亜沙子はトイレへ行くふりをして何度も中座し、クロゼットを確認しに走った。抽斗に押しこまれた葵を見るたび、安堵《あんど》した。よかった、まだ見つかっていないと胸を撫《な》でおろした。誰かが侵入してくるとは思わなかったが、不安だった。

リヴィングへ戻った亜沙子に、俊輔が声をかけた。

「大丈夫か。ひょっとして、気分が悪い？」

「いえ、ちょっとビールを飲みすぎたみたい。ごめんなさいね、何度も席を立って」

「新陳代謝がいいのよ。まだ若い証拠よね」

芳枝が笑った。

亜沙子は笑いかえしながら、今この女の首を絞めたらどんな気分がするだろう、と思った。

夕食が終わり、俊輔はシャワーを浴びに行った。

アルコールは汗が出ると言って、彼は飲酒後に風呂《ふろ》に入りたがる。体に悪いと亜沙子が何度も諫《いさ》めて、ぬるいシャワーに変えてもらうことで妥協したのだ。

芳枝は皿を洗うためキッチンへ向かった。常なら「手伝いましょうか」と声だけでもかけるところだったが、亜沙子は黙ってクロゼットへ向かった。

寝室の扉をぴたりと閉める。クロゼットの抽斗をあける。

瞬間、亜沙子は目を疑った。

葵の死体がなかった。

服を抜いたあとの空間が、ぽっかりと白く口をあけていた。

防虫剤と防臭剤は残っている。だが、葵の姿はどこにもない。亜沙子の心臓が、激しく脈打ちはじめた。

――なぜ。どうして。

つい十五分前に見に来たときにはあったのだ。誰かが盗んでいったんだろうか。いや、それは有り得ない。このセキュリティ万全のマンションに難なく泥棒が入ることも、子供の死体だけを盗んでいくことも考えられない。

亜沙子はすべての抽斗をあけて探した。クロゼットを隅から隅まで手探った。ベッドカバーを剝《は》がし、ベッドの下を覗き、長らく使っていないボストンバッグの中まで確かめた。しかし葵はいなかった。

――まさか、生きかえったんじゃ。

生きかえって、自分の足で出て行ったんじゃないだろうか。

もちろんそんなことがあるはずがない。泥棒と同じくらい有り得ない。あの子は百パーセント死んでいた。息をしていなかったし、脈もなかった。冷たかった。でも、現に今あの子はここにいない。

探さなくちゃ、と亜沙子は立ちあがった。

かろうじてクロゼットを閉め、ベッドカバーをかけ直す。

俊輔はまだシャワー中のようだ。キッチンからも水音がつづいている。

今のうちだ。探して、見つけださなきゃ。早く。速く。取りかえしのつかないことになる前に。

オートロックマンションは入るときは厳重だが、出るときはセンサー等ですんなりと出られるようになっている。だが子供の足だ。そう遠くへは行けまい。

亜沙子は走りまわった。

コンビニを覗《のぞ》き、公園を探し、茂みの中に腕を突っこんだ。

以前ショッピングセンターを駆けずりまわったときよりも、もっと必死に走った。

――あの死体がなかったら、おしまいだ。

いや違う。死体があってもおしまいなのだ。どちらにしろ、詰んでいる。わたしは人ごろしだ。子供を殺した。でも、隠しとおさねばならない。墓場までこの秘密を抱えていかなくてはいけない。己の良心に目をつぶってでも、わたしは俊輔さんとの未来を守りたい。

近所を一周したが、葵の姿はなかった。

亜沙子はしたたる汗を拭《ぬぐ》い、荒い息をおさめようと深呼吸した。

明日だ。また明日探そう。今夜はもう駄目だ。そろそろ戻らないとあやしまれてしまう。

足を引きずるようにして、マンションへ戻った。

エレベータの中で乱れた髪を撫でつけ、服を直した。きっと化粧も崩れてひどい顔だ。

俊輔に見られる前に、わたしもシャワーを浴びなおさないと。

足音を殺して帰宅した。

リヴィングからはテレビの音が聞こえる。

きっと「どこへ行っていたのか」と訊《き》かれるだろう。そうしたらどう答えよう。「酔いざましの散歩」とでも答えるほかないか。黙って出ていったことを咎《とが》められたら、「声をかけたつもりだった」ととぼけるか。

浴室へ入った。念入りにシャワーを浴び、髪も体も洗いなおした。

覚悟を決め、廊下へ出る。

リヴィングは静まりかえっていた。電灯もついていない。

亜沙子は拍子抜けした。二人とも彼女を待たず、寝てしまったらしい。だが時計を見て納得した。いつの間にか十一時を過ぎている。

時差ぼけのある俊輔はさぞ眠いだろう。いつもなら十時には寝てしまう芳枝も、床に入って当然だ。

亜沙子は寝室へ向かった。長らく一人で使っていた寝室だった。俊輔は寝入ってしまっただろうが、並んで眠れるだけでも幸福だと思った。

ドアを開ける。

途端、違和感を覚えた。

なにかが変だ。なにかがおかしい。空気が違う。物音がする。

吐息。衣擦れ。

──複数の、人の気配。

亜沙子は手で壁を探った。駄目、と内なる声がした。

駄目、見ちゃいけない。だが手は意思に反して動き、電灯のスイッチをつけた。

蛍光灯に皓々《こうこう》と照らされたベッドで、俊輔が芳枝にのしかかっていた。

芳枝は亜沙子のパジャマを着ていた。そのパジャマがはだけ、乳房が見えている。芳枝は下着を着けていなかった。

亜沙子の喉《のど》もとに、酸っぱい胃液がこみあげた。

俊輔は呆然《ぼうぜん》としていた。振りかえって亜沙子を眺め、次いで自分が組み敷いている母親を見つめた。

彼は悲鳴をあげ、芳枝から飛びのいた。

「違うんだ」俊輔は叫んだ。

「きみだと思ったんだ。だって──だって、きみのパジャマを着てるし、香水だって同じだった。シャワーから出たらベッドにいたから、てっきりきみが待ってるんだと──

──」

「亜沙子さんのせいよ」

芳枝の金切り声が遮った。

「亜沙子さんが、孫を産んでくれないから。だから代わりに産んであげようと思ったんじゃない。なによ。わたしだってまだ産めるわ。俊輔の子よ。わたしの孫よ」

芳枝は顔を真っ赤にしてわめいていた。

亜沙子はよろめいた。壁に背がぶつかった。

体に力が入らない。今にも膝《ひざ》から崩れ落ちてしまいそうだ。

「みんな亜沙子さんのせいよ。返して。俊輔をわたしに返して。あーちゃんを返してよ」

泣きわめく実母を、俊輔が化け物を見る目で見つめていた。顔は蒼白《そうはく》だ。言葉もない
俊輔と亜沙子を後目に、芳枝は一人叫びつづけている。

くっ、と亜沙子の喉が鳴った。

嗚咽《おえつ》ではない。笑いだった。

こらえきれない笑いが、腹の底からこみあげていた。

――なんておかしいんだろう。なんて滑稽《こっけい》なんだろう。

これが、わたしが守ろうとしていたものか。やさしい夫。若く美しい義母。共働きの裕福な生活。素敵なマンション。手に入れたはずの生活のすべて。

そう思うと、止められなかった。

わめきつづける半裸の義母を指さし、亜沙子は声をあげて笑った。

「なにがおかしいのよ!」芳枝が怒鳴る。

その声がさらに笑いを誘発した。笑って笑って、亜沙子は笑いつづけた。

涙を流し、体を折り、狂気じみた笑い声をいつまでも寝室に響かせた。

数日後、芳枝の親戚《しんせき》と名乗る男が彼女を引き取りに訪れた。

俊輔が手配したらしき男は頭をさげ、「しばらく預かります」とだけ亜沙子に告げて扉を閉めた。

「きっと環境が変わったのがストレスだったんだ。きみにばかり母を押しつけて、すまなかった」

おざなりに謝罪し、俊輔は逃げるようにアトランタへ戻っていった。

成田空港から飛びたつ飛行機を見送って、亜沙子は重い足を引きずるように歩きだした。

明日からのことを考えなければいけないと、理性ではわかっていた。仕事の段取り。未完成の仕様書。本社のデザイナーとの打ち合わせ。パタンナーとのスケジュールの調整。

だが、頭の中はからっぽだった。真っ白だ。なにも考えられない。頭にも胸にも、空虚だけがあった。

亜沙子は足を止めた。

空港のフロアの向こうに、葵が立っていた。亜沙子は息を呑《の》んだ。

やはり生きていたんだ、と思った。

あの日のままだ。笑っている。笑って、わたしを見ている。

奇声をあげ、彼女は葵に飛びかかった。

幼い体は難なく押し倒された。殺してやる、と亜沙子は思った。今度こそ殺してやる。

こいつの息の根を完全に止めてやる。

まわりじゅうから腕が伸《の》びた。どこからか悲鳴が聞こえた。

亜沙子は葵から力ずくで引《ひ》き剝《は》がされた。

警備員と男性利用客に、数人がかりで腕を摑《つか》まれたのだ。そう気づいたときには、すでに彼女は床へ組み伏せられていた。

子供の泣き声が響く。悲鳴は母親のものだった。

うつ伏せの姿勢のまま、亜沙子は顔を真っ赤にして泣く男児を見つめた。

――違う。

葵ではない。似ても似つかない、別の子供だ。

「誘拐か」

「いや、おかしい女じゃないのか」

周囲の声が、まるで蜂の羽音のようだ。わんわんと響いて、唸《うな》って、頭蓋《ずがい》の中で反響している。頭が割れそうだ。

「ほら立て。すぐ警察が来るから、事務所で――」

警備員に亜沙子は引き立たされた。

耳のそばで舌打ちされる。腕をふたたび掴まれそうになる。だがその直前、弾かれたように亜沙子は彼らの手を振り払った。

逃げなければ、と思った。今この場から。葵から。姑《しゅうとめ》から。仕事から。

わたしを追いつめる、すべてのものから。

奇声をあげ、亜沙子は駆けだした。

＊

「――ねえねえ、聞いた？　仕様の石井主任、失踪《しっそう》したんだって」

社員食堂の長いテーブルの端で、女子社員がそう口火を切る。セルフサービスの番茶を啜《すす》りながら、向かいの社員が目を見ひらく。

「うっそ、そういえば最近姿見ないと思ったけど……でも、なんで？」

「それがね、嫁姑問題でおかしくなっちゃったらしいよ」

「え、どういうこと？」

「だからさ、頭がその、アレよ」

にやりとし、一同を見まわす。隣に座る社員が肩をすくめた。

「うわ、ヘヴィーな話」

「でも主任の話じゃ、うまくいってるんじゃなかったの？」

「見栄でしょ。あたしはよその嫁とは違うのよ、みたいにカッコつけてたけど、しょせん同居は同居じゃん」

「仕事も家庭も両立させる、デキる女気取ってたのにね。ご愁傷さま」

「子供いたんだっけ？」

「いなかったはずよ。ま、そのほうがよかったんじゃない。もし子供がいたら、離婚してはい終わり、ってわけにいかないもん。それだけが救いと言えば救いよねえ」

元同僚の不幸話に興じる彼女たちは、目を輝かせて一様に頬を上気させている。シャーデンフロイデ。幸災楽禍。他人の不幸は蜜《みつ》の味。

広い窓から斜めに射しこんだ陽《ひ》が、グラスに反射してぎらりと光った。

第三話

父帰る

チャイムが鳴った。

島崎千晶《しまざきちあき》は洗濯物をたたむ手を止め、立ちあがる。疲れて帰宅する夫のため、専業主婦の彼女がエントランスのオートロックも、玄関ドアも開錠するのがいつしか暗黙の決まりとなっていた。

オートロックを解除する。夫がエレベータでこの十六階まで昇ってくる時間を見はからい、玄関の鍵《かぎ》を開けて待つ。

「ただいま」

ああ、今日も夫が帰ってきた。

喜ばしいはずなのに、なぜか千晶の背が一瞬ぞわりと粟立《あわだ》つ。

逆光のせいか、夫の顔がよく見えない。だからだろうか、夫の影になにか重なっているような、帰ってきたのは彼一人ではないような——そんな錯覚に陥ってしまう。

「お帰りなさい、父さん」

いつ近づいたのか、千晶のすぐ背後で航希《こうき》が言う。

夫の前妻が産んだ義理の息子だ。まだ二十四歳の千晶とは七歳しか違わない。

彼女よりはるかに背の高い少年の胸が、肩にぶつかる。汗で湿った体温がなまぬるい。

真夏だというのに鳥肌が立つのはなぜだろう。流行《はや》りの風邪か、継息子の体軀《たいく》への本能的な畏《おそ》れか、それとも——。

「お疲れさま、あなた」

「ありがとう」

夫の市郎《いちろう》が笑いかえす。彼女にかばんを渡し、壁に手を突いて革靴を脱ぐ。彼のあとに従い、千晶はかばんを抱えて短い廊下を戻る。

たたみかけの洗濯物をそのままに飛びだしてきたせいで、和室のガラス障子がなかば開いていた。ふだんは使わず、仏間にしている和室である。薄暗い部屋の畳に、仏壇の置き灯籠《どうろう》が薄青の淡い光を投げ落としている。

前妻の仏壇であった。

千晶はふと顔をあげた。わけもなく、目が合う。

すこしも笑っていない瞳《ひとみ》で航希がまぶたを細める。

継息子の肩越しに見える仏壇の気配に、ふたたび千晶の肌がそそけ立った。

ごみ集積場の清掃当番を終え、千晶は箒《ほうき》と塵取《ちりと》りを所定の位置へたてかけた。

朝だというのに、すでに蝉の声がうるさい。

このマンション『サンクレール』のごみ捨てマナーはいたってよろしく、今のところ悪臭や腐汁の汚れで悩まされた例しはなかった。

さすが高級マンションは住民の質もいいのね、と一人ごち、彼女は額の汗を拭《ぬぐ》う。ガラスのドアをくぐり、涼しいエントランスへと入った。

集合ポストの前で、二人の女が立ち話をしているのが見えた。手前は『サンクレール』に部屋を何室か所有していると噂の波佐野羽美だ。相手はエレベータでたまに行き合う、十四階に住む主婦であった。

「おはようございます」

千晶は二人に頭をさげた。

「おはようございます。島崎さん、朝のお散歩ですか？」

羽美が快活に微笑む。千晶も笑みを返した。

「いえ、ごみ捨て場の清掃当番なんです」

声がすこし詰まる。

島崎の姓で呼びかけられることにも、返答することにも千晶はいまだ慣れない。つい半年前までは、夫を毎日「島崎課長」と呼んでいたせいもあるだろう。

「ねえ、島崎さんも聞きました？　例の話」

羽美の向かいに立つ主婦が言う。

この女の姓は佐藤だっただろうか、それとも斎藤か、と迷いながら千晶は問いかえす。

「例の話？　なんですか？」

「二十二階の石井さんの件よ。あそこの奥さん、先月から行方不明なんですって。旦那《だんな》さんもお姑さんも、どこへ行ったのかさっぱり心当たりがないそうで」

「あれ、石井さんの旦那さんって海外赴任中じゃありませんでした？」

羽美が問う。主婦はうなずいて、

「そうなの。だから奥さんの捜索願を出して、またとんぼがえりしたそうよ。でも警察に届けを出しても見つかるかは望み薄なんですって。今はお姑さんが戻ってきて、一人でお留守番しながら帰りを待ってるらしいけど、不安よねえ」

「それは心細いでしょうね」

なんだ、お金持ちでもゴシップは好きなのか。そう思いながら千晶は相槌《あいづち》を打つ。

羽美が眉宇《びう》を曇らせ、

「なんだか今年に入って、いやなことがつづきますよね。ほら一月には、ベランダで四階の奥さんが凍死されたでしょう」

「ああ、そうそう。不幸な事故でしたわよね。なんでもお子さんが誤って掃き出し窓を施錠して、真冬のベランダに締めだされたんだとか」

佐藤か斎藤か判然としない女は顔をしかめて、

「偶然でしょうけど、あんまり立てつづけだとマンションの資産価値にかかわりそうで心配ですよね。とくに波佐野さんなんかオーナーさんだから、うちみたいなただの住人以上に深刻な問題でしょ」

と、身なりにそぐわぬ下世話な台詞《せりふ》を吐く。

羽美が苦笑した。

「これ以上続くことはないと思いますけどね。でもそういえば管理会社から『皆さまが気がかりなようでしたら、御祓《はら》いの手配をします』なんて連絡があったわ。わたしはとくに気になりません、って答えておきましたけど」

「あら、お願いしておけばよかったのに」女が眉根《まゆね》を寄せる。

「波佐野さんって、あまり験かつぎはしないほう？　じつはわたし、そういう気になっちゃうたちなのよ。霊感があるとまでは言いませんけどね、悪い〝気〟が集まってくるような場所へ行くと、体がざわざわするっていうか、肌で感じるものがあるの。そういえばこの『サンクレール』も、最近なんだか――」

「あ――あの、すみません」

千晶はうわずった声で遮った。

「あのわたし、用事を思いだして。早く戻らないと。失礼します」

早口で言い、きびすを返す。

背に視線を感じながら、エレベータを待たずに階段まで走る。

不審に思われただろうとはわかっていた。女の台詞はただの軽口だとも、理性では承知していた。

だが聞きたくなかった。御祓いだの幽霊だの、そんな言葉は耳にも入れたくない。

とくに盆の近い、この時期は。

三階まで駆けのぼって、内廊下を通り、エレベータを待った。無意識に右の掌をひらく。古傷に目を落とす。手首の内側に大きな藪蚊《やぶか》がへばりついていた。薄い皮膚に口吻《こうふん》を突き立てていた。腕を振って、払う。

千晶は自宅の一六〇四号室へと帰った。

入ってすぐ、線香の匂いが鼻を突いた。仏間を覗《のぞ》きこむと、仏壇の前で航希が正座して、亡母の位牌《いはい》になにごとか小声で話しかけていた。

灯籠の回転灯が少年の白い頬に深い陰翳《いんえい》を作りだしている。その横顔は、驚くほど遺影の母親にそっくりだ。息をころし、千晶は足早に廊下を歩き去った。

頃は夏休みに入ったばかりだった。

夫の市郎が出勤してしまうと、あとには毎日、千晶と航希だけがこの狭い空間に取り残される。

だが専業主婦になると決めたのは千晶自身だった。寿退社しない、という選択肢はありえなかった。

前妻の病死から、わずか四箇月での再婚だった。白い目は千晶が一身に受けるかたちとなっていた。すでに社内に、彼女の居場所はなかった。

――でも、この家にいても同じだ。

千晶はそう自嘲《じちょう》する。

夫がいるときはいい。でも彼のいないとき、家の主はあの仏壇だ。仏間の奥に無言で鎮座し、つねに己の存在を誇示してくる。そして航希が母として認めているのも、あの仏壇で眠る女だけだった。

夏休みは塾へ行かないのか、と市郎はしつこいほど息子に念を押した。キャンプはどうだ、部活の合宿は参加しなくていいのか、と幾度も問うていた。

しかしその都度、航希は目をじろりと剝《む》いて答えた。

「今年の夏は、母さんの初盆だろ。どこへも行けるはずないじゃないか」

そう言いかえされると、市郎も千晶もなにも言えなかった。


薄闇に、火影が揺れる。

灯籠の火だ。だがあの家のそれは置き灯籠でなく、吊《つ》り灯籠であった。透かし模様の蓮《はす》と小菊が、畳の目に複雑な影を落としていた。

ああ夢だ、と千晶は思う。

いつもの夢だ。

夢にみる養父母の家は、いつでもこの仏間だ。そしてこの季節だ。

盆を目前にひかえた養父の家は、雨戸を簾戸《すど》に取りかえ、軒に南部風鈴を吊るして、吊り灯籠に火を絶やさない。門には家紋の入った提灯。仏壇の前には果物を盛り、花を供え、絵付きの白と赤の蠟燭《ろうそく》をともす。

夏の夕暮れの、湿気を含んだぬるい風が吹きこんでくる。簾《すだれ》がひるがえる。

茂った庭の木々の影が、幼い千晶の目には恐ろしい。

養父とは、血がつながっていないわけではなかった。彼は母の実兄だ。子供のいない兄夫婦に、母が千晶を養女に出したのだった。

だが望んで養女をとったとは思えぬほど、養父である伯父は千晶に見向きしなかった。その妻である伯母は癇《かん》の強い、厳しいばかりの女だった。

千晶は寡黙な伯父が怖かった。「怠けるな、嘘つき」とすぐ怒る伯母が怖かった。ひんやりと湿った仏間も、灯籠《とうろう》が作る影も、鬱蒼《うっそう》と茂る庭の木々も怖かった。葉擦れの音や、風の音、普請を揺るがす夏の雷も、突然の夕立も恐ろしかった。幼くして母や弟たちから引き離された彼女は、孤独と、未知の脅威にただ震えるほかなかった。

――あ、弟が泣いている。

仏間にうずくまっていた千晶は、ふと顔をあげる。

泣き声がする。きっと弟だ。彼女は立ちあがり、駆ける。

なぜ伯父の家に弟が、などという疑問は浮かばなかった。条件反射で体が動いた。守ってあげなきゃいけない。泣きやませなくちゃいけない。

だって弟たちが泣いていると、お母さんが心配するから。外で安心して働けないから。

泣かないで。泣かないで。そう思うのに、やけに廊下が長い。

懸命に走っても、弟のもとまでたどりつけない。気ばかりあせる。足がもつれる。

——泣かないで。

はっと千晶は目を覚ました。

首をめぐらす。

見慣れたキッチンテーブルの木目と、壁掛け時計の文字盤が目に入った。

額に滲《にじ》んだ汗を拭《ぬぐ》う。この蒸し暑さにもかかわらず、うたた寝してしまったらしい。

網戸に貼りついた蟬が、耳をつんざくような声で啼いている。蟬のせいで、誰かが泣いていると錯覚したのだろうか。

そう思いかけたとき、千晶は蟬の声の向こうに、本物の子供の泣き声を聞きとった。

立ちあがる。声が近い。

導かれるように足が廊下をたどり、手がドアノブを握って玄関戸をひらく。

小学生らしき男の子が立っていた。なぜか半べそ顔だ。

慰めるように、航希がその肩を抱いている。どうしていいかわからないと言いたげに、継息子も眉《まゆ》をさげて困り顔をしていた。

「どうしたの」

千晶は問うた。

無意識に口調が尖《とが》ったのが自分でもわかる。すぐ下の弟が末弟を泣かしていた光景が、一瞬まぶたの裏に浮かんだからだ。

いけない、とすぐに自戒して、声音をあらためる。

「どうしたの、なにを泣いてるの」

二人の少年が、揃って千晶を見かえす。

「非常階段に一人で座りこんでたから、声かけたんだ」

航希が言いにくそうに答える。ランドセルの男の子は口をへの字に曲げ、

「鍵《かぎ》を忘れちゃって、おうちに入れなくて」

と喉《のど》にこもった声で言った。

「お母さんはおうちにいないの？　ぼくは何階に住んでるの」

「二階の二〇九号室。お父さんもお母さんも、昼間はお仕事だからいない。いつもは鍵のカードを持ってるから、自分で入るの」

「あら」

千晶は眉をひそめた。

さっきちらりと見た時計は、まだ四時前を指していた。仕事ということは、親が帰ってくるのは六時過ぎだろう。こんな子供を二時間も一人にさせておくわけにはいくまい。

管理人に預けようか、とも考えた。しかしべそをかきながら航希にすがりついている少年を見ると、他人に任せるのは薄情に思えた。

なにより、せりあがってくる内なる声がある。

――この年頃の男の子を泣かせちゃ駄目。泣かせたままにしておいちゃ駄目。

千晶は少年の背に掌をあて、うながした。

「じゃあ、お父さんかお母さんが帰ってくるまで、おばさんのおうちで休んでいなさいな。暑いし、喉も渇いたでしょう」

少年は千晶を見あげ、こくりとうなずいた。靴を揃えて脱ぎ、手を洗うと、航希と肩を並べてリヴィングに座った。

きれいな顔をした子だ、と千晶は思った。

身なりも整っているし、行儀もいい。家に入れても問題なさそうだ。それに。

――それに誰かいてくれたほうが、気まずくなくて助かる。

夏休みに入ってからというもの、航希はどこへも出かけず仏壇の番をしている。

市郎は子供部屋にテレビやパソコンを置かない方針だ。だから食事どきはもちろん、ニュースを観るときもネットやゲームをするときも、航希は千晶と居をともにする。

千晶は子供たちのために、お中元でいただいた桃を剝いた。薩摩《さつま》切子の器に盛り、揃いのコップにアイスティーを注いだ。

航希にはシロップを添えるだけで、少年のアイスティーにはミルクもシロップもあらかじめたっぷり入れる。

「ぼく、果物のアレルギーはない？　エアコンの温度下げましょうか。ええと……」

桃を差しだしながら、名札を確認しようとした。

だがシャツの胸に名札はなかった。そうだ、今どきは防犯のため学校じゃ付けさせな

いんだっけ――と内心でつぶやいた千晶に、

「葵です」

と少年は名乗った。

その返答に一瞬、千晶の身がすくんだ。

だが面《おもて》には出さずに済んだと思う。その横で航希がさらりと言う。

「母さんと同じ名前だ」と。

少年がその言葉を、目の前にいる千晶の名だと解釈したのかどうかは知らない。そのときの千晶には、そうと思い至って否定する余裕はなかった。屈託なく笑いかえす葵少年の顔も、ろくに目に入ってはいなかった。

なんてことはない。偶然だ――。千晶は己に言い聞かせた。

葵なんてよくある名ではないか。名づけのランキングにだって、何年か連続で上位に入っていたはずだ。昨今では平凡な名とさえ言っていい。

中学時代のクラスメイトにも一人いた。就職してからも何人か出会った。ついこの前まで机を隣にしていた女子社員の、下の名前も確か「あおい」だった。

そう、わたしが課長の再婚相手になると知った途端、はっきりと侮蔑《ぶべつ》の目を向けてきたあの同僚――。

誤解よ、と言いたかった。

実際、不倫していたわけではなかったのだ。先妻が生きていた頃、千晶と市郎は肉体関係はおろか、恋人の仲ですらなかった。たまに食事をして、彼の看病疲れの愚痴や悩みを聞くだけの間柄だった。

「病気の妻を重荷に思うなんてな。人でなしと思われそうで、きみ以外にはとうてい打ちあけられないよ」

当時の市郎は幾度となく、そう弱音を吐いた。

そんな彼を、千晶は部下の立場から陰ひなたに支えた。

彼に「結婚を前提に付きあってほしい」と言われたのは、先妻が亡くなって三箇月後。了承の返事をしたのは半月後だった。

夫は四十三歳。千晶は入社して三年目の二十五歳であった。

だが周囲は、彼らの決断をあたたかく迎えはしなかった。

同僚も、市郎の親類も、航希もだ。はなから「先妻が生きていた頃からの関係だったのだろう」と無言の非難を浴びせてきた。なんと反論しようと、くつがえせない蔑視《べっし》であった。

ふと、千晶は顔をあげた。

航希と視線がかち合った。千晶は息を呑《の》んだ。

あの女子社員の責めるような目が、航希の瞳《ひとみ》と重なった。そして継息子の瞳の向こうに、やはり先妻の姿が透けて揺らめく。

「い、——……」

千晶は頬の筋肉で、無理に笑みをかたちづくった。

葵に首を向けて言う。

「いつでも――もし良かったら、いつでもうちに来ていいのよ。ただし土日はうちにもおじさんがいるし、葵くん家にもお父さんお母さんがいるだろうから、平日ね。平日ならいつでも大歓迎」

「ほんと？　いいの？」

葵が目を輝かせた。

「ええ。ただし十六階の島崎さん家にいるって、ちゃんとご両親に言っておいてね。今度、わたしからもご挨拶《あいさつ》するわ」

「うん。言っておく。ありがとう」

葵は顔じゅうで笑った。自然と千晶も笑顔になる。

アイスティーを飲みほした航希が、

「おかわり持ってくるけど、葵くんも飲む？」

と腰を浮かせた。

以来、葵は毎日のように島崎家を訪れるようになった。

継息子と二人きりだった空間は、三人の空間となった。

意外にも航希は子供好きなようで、やけに葵を可愛がった。クロゼットにしまいっぱなしだったレゴブロックや、塩化ビニール製の特撮映画人形、カードゲーム等を進んで貸し与えていた。

なぜか二人は航希の部屋でなく、閉めきった仏間でばかり遊んだ。

航希はいつしか少年を「葵」と呼び捨てにし、葵は彼を「コウちゃん」と呼んだ。

「喉渇いてない？　ジュースを持ってきましょうか」

千晶は仏間の戸をひらいた。

畳に、描きかけの祭り灯籠《どうろう》が転がっていた。直方体の木枠に和紙を張った灯籠に、子供たちが絵を描き、色を塗って仕上げるのだ。百も二百も並べて火を入れると、夜闇に映えてそれは華やかな眺めだという。

「ジュースほしい！」

葵が声をあげた。その手にはスパイダーマンのビニール製人形が握られている。

「お祭りがはじまったら、葵を連れていってやってもいい？」

航希が顔をあげずに問うた。千晶はうなずく。

「ええ。でも葵くんのお母さんにもちゃんと了解をとらなきゃね」

葵の両親とはすれ違いばかりで、一度も会ったことがない。父母ともに夜遅くまで仕事なのだそうで、いまだ挨拶ひとつ交わせていない。

千晶は畳に膝《ひざ》をつき、灯籠を拾いあげた。

「あら、絵が上手なのね」

彼女にはわからない、アニメか漫画のキャラクターが描いてあった。達者な線だ。おそらく航希が線画を描き、葵が色鉛筆で塗っているのだろう。

「これはだあれ？」千晶が指さして訊《き》く。

「これはね、主人公のカイト」

葵が答え、つづけて背後のキャラクターを指す。

「それでこっちがね、カイトのお母さん。最初のほうのバトルで死んじゃったんだけど、今はシュゴレイになってカイトを守ってるんだよ」

守護霊、という単語を葵は異国語のように発音した。千晶の頬がわずかに強張る。

「そう」

平静な声をつくろった。

たかが子供の話だ。うろたえるなんて大人げないと、己を叱咤《しった》した。

「おばさん、お化けは苦手だな。怖くなっちゃったから、向こうへ行くわね」

笑って立ちあがった。竪額《たてがく》障子をひらき、サンルームを通ってベランダへ出る。

風が強かった。雲の流れが速く、空の端がわずかに黒ずみはじめている。一雨きそうだ、と千晶は目をすがめた。

彼女の思いを肯定するかのように、遠くで雷が鳴った。

——夏の風の匂い。遠雷。

人形を持っていた葵の姿が頭をよぎる。

そうだ、遠い夏の日、わたしもよく一人で人形遊びをしていた。こんなふうに、蒸れて湿った風の匂いに包まれていた。その頃すでに弟たちはそばにいなかった。

記憶が呼びさまされる。

心が、幼かったあの日に還っていく。

伯父の家はいつも薄暗かった。祖父から受け継いだという古い日本家屋は黴《かび》くさく、特有の饐《す》えたような臭いが、夏には湿気でさらにきつくなった。

階段は急勾配《きゅうこうばい》で、廊下は歩くたび軋《きし》んだ。長押《なげし》に飾られた翁と媼の面も、剝製《はくせい》の雉《きじ》に嵌《は》まったガラスの義眼も怖かった。

だがいちばん怖いのは、

「あんたが悪い子でいると、死んだ人が帰ってきてひどい目に遭わすわよ」

という伯母の言葉だった。千晶が家の手伝いを忘れたり、誤って皿を落とすたびに伯母は決まってそう言った。

お盆には死びとが帰ってくると、大人たちはみな千晶に教えこんだ。

だから機嫌をそこねぬよう盆支度をして、死者に礼を尽くして待つのだと。

千晶は怯《おび》えた。古い家のあちこちに、死の気配が染みついている気がした。とくに鬱《うっ》蒼《そう》と茂って揺れる木々の、枝葉が作る影が怖かった。

木の下を見てはいけない。

だって帰ってきた死びとが立っているから。立って、こちらを見ているから。

お母さん、と千晶は伯母に隠れて何度も泣いた。

だが母は迎えに来てくれはしなかった。身を守るせめてもの武器にと、彼女は尖《とが》った石を拾ってポケットに溜《た》めた。伯母に見つかるたび、「汚い」と捨てられてしまったけれど。

千晶は右掌をひらく。二センチほどの古傷が走っている。

厳しかった伯母の折檻《せっかん》の痕《あと》だ。短いが深い傷だった。今でも季節の変わり目には、じくじくと痛んで疼《うず》く。

視界の隅で稲光が走った。

千晶はわれに返った。

――いけない、子供たちにジュースをあげるんだった。

気づけば雨雲がだいぶ近づいている。慌ててサンルームへ戻り、サッシを閉めた。濡《ぬ》れて、風邪をひいてしまってはたまらない。

仏間へ目をやった。小障子をあげたガラス越しに、葵と航希が遊んでいる姿が見えた。

葵は右手にスパイダーマンの人形を持ち、航希はバットマンの人形を持っている。

千晶は障子サッシを薄くあけた。二人の声が聞こえてくる。

「ただいま、帰ったよ」

葵が人形を操りながら言う。

航希が応える。「お帰りなさい、あなた」

どうやらままごとの人形遊びらしい。

男の子同士でもこんな遊びをするのね、と思わず千晶は頬をゆるめる。普段はつんけんしている航希を思うと、よけいに微笑ましく感じる。

葵がしわがれ声を作って言う。

「ああ疲れた。遅くなってごめんよ。もっと早く帰れるはずだったんだ」

自分の父親の口真似かしら。千晶は笑いだしそうになるのをこらえた。思いのほか、演技がうまい。声の調子といい、妙に真に迫っている。

昼寝でもしていた設定なのか、横たわっていたバットマンの人形を航希が起こす。

「どこへ行っていたの。遅かったのね」

葵が答える。

「どこへって仕事だよ、決まってるじゃないか。会社帰りに寄ったんだ」

「ふん、どうだか」

航希の声が尖る。葵が聞こえないふりで、

「具合はどうだい。お医者さまはなんて言ってた?」

「やめて。ほんとは気にしていないくせに、心配してる演技なんてしないでよ」

「おい」

葵が人形を小刻みに揺らす。困惑している仕草なのだろうか。

航希がふたたび人形を畳に寝かせる。葵の人形に背を向ける。

「食事は済ませてきたのね、遅くなるわけだわ。言っておくけどごまかしても無駄よ。服に牛脂の匂いが染みて、ぷんぷん匂うわ」

「え……いや、それは、その」

葵が口ごもる。航希の人形はそっぽを向いたまま、微動だにしない。

千晶は呆然《ぼうぜん》と目の前の光景を眺めた。

――なんだろう、この子たち。

なにを言っているんだろう。これはほんとうに、ままごとの人形遊びだろうか？

だってこの会話、まるで。

「誰と行ったの。どこのお店へ連れていったのよ。わたしとも行ったことがあるお店かしら？　きっとそうよね」

航希がレストランらしき店の名をいくつか挙げる。

千晶の心臓がどくりと跳ねた。どれも聞き覚えのある店だ。そんな馬鹿な、と彼女は思う。嘘よ、そんな馬鹿な――。

「やめろよ、誤解だ。きみより夕めしを優先したのは謝るが、一人で食べたに決まってるじゃないか」

「は？　馬鹿じゃないの。わたしが寝たきりの病人だからって、ごまかせるとでも思ってる？　生憎《あいにく》ね。あなたは嘘が下手だからすぐわかるのよ。スマホを見せて」

「よせって」

「いいから見せてよ。ロック解除のナンバーは今でもわたしの誕生日？　いえ、きっともう変えちゃったんでしょうね。あなたはそういうところ、薄情だから」

「なに言ってるんだ。何年も前から、ナンバーは航希の誕生日だよ。ほら、疑うなら目の前で解除してやる」

「駄目。こっちに渡してよ。わたしが解除するわ。メールの履歴を全部見せて」

「よせったら」

「いや、いやよ」

「ほかの患者さんに迷惑だろ。やめろ、大きな声を出すんじゃない。あおい！」

あおい——その名を聞いた瞬間、千晶の背から冷えた汗が噴きだした。

あおい。先妻の名だ。

間違いない。これは市郎がかつて、病床の先妻と交わしたやりとりだ。

なぜって、さっき女が挙げたレストランは、どれも千晶が連れていってもらった店の名だった。

会社帰りに二人で人目を忍んで入ったお店。いまどきの店は知らないんだ、と苦笑いした市郎。彼のスーツの衿《えり》に染みついた、牛脂とガーリックの匂い——。

航希が女の声真似をしながら首を振る。

「なによ。他人の迷惑なんか、ほんとは気にしちゃいないくせに。やましいことがないなら見せられるはずでしょう。そうだ、看護師さんにも見てもらいましょうよ。あなたが潔白だって証拠を、ここの皆さんに証明してみせて」

「やめないか、馬鹿」

声を荒らげる男に、女が身を起こしてむしゃぶりつく。二人が揉《も》み合う。

やがて力尽きたように、ベッドへ女がくずおれる。

「……ごめんなさい、あなた」

低いすすり泣きが響く。

「本心じゃないのよ。許して」

「わかってるよ」

男が疲れた声で答える。

「病気が言わせてるのよ。癌《がん》細胞が、わたしの口を借りてしゃべっているの。あんなこと、言いたいわけじゃなかった。……ごめんなさい、ごめんなさい」

「うん、わかってる」

千晶は動けず、棒立ちで仏間の光景を見おろしていた。

目に映るのは航希と葵、二人の少年の人形遊びだ。

だが彼らの唇から紡がれる物語は、中年夫婦のなまぐさい修羅場だった。女は病みやつれながらも猜疑心《さいぎしん》にさいなまれ、男はそんな毎日に疲弊しきっていた。

千晶には男の気持ちが手にとるようにわかる。

だってあの頃、毎日のように相談されていたからだ。

そう、電話で、メールで、わたしは島崎課長の愚痴を聞き、彼をいたわりつづけた。先妻が疑ったような深い関係ではなかったけれど、何度も食事をともにし、彼を慰め、彼の心に寄り添った。すこしも苦ではなかった。なぜなら——。

「なに?」

尖《とが》った声が、千晶の意識を覚醒《かくせい》させた。目を見ひらく。

航希が肩越しに振りかえり、彼女を睨《にら》んでいた。目じりが仄《ほの》赤い。

「なにって——」

千晶は緩慢に障子サッシをひらいた。喉《のど》に、声が貼りつく。

「なにって、あなたたちこそ、なにを——……」

航希は舌打ちし、照れくさそうにそっぽを向いた。

「見りゃわかるだろ、人形遊びだよ。なんだよ、高校生にもなって子供っぽいって言いたいの? たまにはいいじゃんか。葵が来てるときくらい」

そんな顔するほどのこと? と不満げに彼が唇を曲げる。

葵が人形を振りあげて笑う。

「おばさんも遊ぶ? でも正義の味方はぼくだよ。スパイダーマン!」

千晶は混乱した。

幻聴だったのだろうか。でも、あんなにはっきりと聞こえたのに。

――全部わたしの妄想？　白昼夢？　頭の中で作りあげた、ただの幻？

なにも言えず立ちつくす彼女に、子供たちが不審な目を向けてくる。

その無心な瞳《ひとみ》が、千晶の胸を深く突き刺す。

「か――買い物へ、行ってくるわ」

声が震えた。

「雨が降りそうだから、その前に急いで帰ってくるわね。ジュースは冷蔵庫にあるから、好きに飲んでちょうだい」

千晶は小走りに仏間を出た。リヴィングのソファへ置きっぱなしだったバッグをつかみ、財布の有無も確かめず玄関戸から飛びだす。

ドアの閉まる音を背に聞きながら、壁に手をついた。

今にも破裂しそうに鼓動が早鐘を打っている。

全身が、冷えた汗でぐっしょり濡《ぬ》れていた。


「ねえ、そろそろお盆の支度をしようと思うんだけれど。あなたのご実家では、いつもどんな支度をしていたの？」

玉杓子《たまじゃくし》に取った味噌《みそ》を箸《はし》先で溶きながら、千晶は尋ねた。

朝刊越しに市郎が答える。

「いやあ、とくにこれといってないよ。しいて言えばきゅうりや茄子《なす》で馬を作ったくらいかな。あとは花を取りかえて、線香をあげて、みんなで墓参りに行くくらいだ」

時刻は七時を過ぎたが、航希はまだ起きてこない。市郎も夏休みの間は寝坊を許しているらしく、なにも言う様子がない。

「あおいさんの親御さんは、こちらへはいらっしゃらないの」

「ああ。――分骨済みだからな。位牌《いはい》もふたつあるし、わざわざこっちへ来る必要はないんだ」

市郎は咳払《せきばら》いした。

「きみはべつに気を遣わなくていいからね。墓参りも、おれと航希だけで行ってくるから心配するな」

先妻の親類や義父母と、千晶が鉢合わせてしまうことを懸念しているのだろう。

応えずに千晶はコンロの火を消した。

「いてっ。……なんだ、これ」

市郎が眉《まゆ》をひそめた。なにかが足にあたったか、踏んでしまったらしい。椅子をひいて、足もとを覗《のぞ》きこんでいる。

「わたしが拾う」

千晶はコンロから離れ、テーブルの下へもぐりこんだ。手を伸ばし、引き寄せる。ビニール製のスパイダーマンだった。

千晶の唇がかすかに震える。さいわい市郎は気づかなかったようで、

「なんだ、こんなところに人形なんて」と笑った。

千晶は内心の動揺を押し隠し、謝った。

「ごめんなさい、片付け忘れたんだわ」

「いや、航希だろう。あいつもしょうがないやつだ」

千晶の手から人形を受けとり、市郎は目を細めた。

「十七歳にもなって、まだこんなもので遊んでるのか。でもあいつも、ようやくきみに馴染《なじ》んできたみたいだな。会話も増えてきたようだし、ありがたいよ」

いいえ、と言いたいのを千晶はこらえる。

その会話はあくまで間に他人を——葵を通してのものだ。航希との直接の会話が増えたわけではない。むしろ、減っていると言っていい。いまや葵の仲介なしでは、千晶は彼と目を合わせることすらできない。

——だから、言えない。

夫に葵のことは告げていなかった。よその子がいなければ継息子と口もきけないだなんて、彼に知られるのはつらかった。

テーブルに置かれた人形に、千晶はつぶやいた。

「こういう人形、そういえばうちの弟たちも持ってたわ。日曜の朝にテレビでやってた、特撮ヒーローの人形ね」

「へえ、きみも遊んだの」

おかしそうに夫が言う。千晶は首を振る。

「わたしはすこし歳が離れていたから、あんまり。わたしは弟たちの遊び相手じゃなくて、お世話係だったのよ」

われながらうつろな声が出た。

「……弟たちが泣くと、わたしが泣きやませなくちゃいけなかった。あの子たちは泣き虫だったから。弟たちを泣かせたままにしておくと、わたしが叱られたの」

記憶の中の母が言う。こんなんじゃ、お母さんは安心してお外で働けないわ。

幼い千晶は答える。ごめんなさい。お母さん。

泣きやませないと、あの子たちはいつまでも泣いてるから——弟たちは泣き虫で——臆病《おくびょう》で、泣いてばかりで、ほんとうにいやになる——。

機械的に手を動かし、千晶は朝餉《あさげ》の味噌汁を椀《わん》に注いだ。

茗荷《みょうが》と茄子に薄揚げを加えた味噌汁は夫の好物だ。出汁《だし》巻き玉子と香の物、常備菜のひじき煮や浅蜊《あさり》の佃煮《つくだに》を添えて、順に彼の前へ並べていく。

市郎が箸を利き手に取って、

「料理のレパートリーもそうだが、お盆の支度を気にするなんて、きみはその歳にしちゃほんとうに変わってるよ。じつは十歳くらいごまかしてるんじゃないのか」

と笑う。千晶は苦笑した。

「子供の頃に叩《たた》きこまれたのよ。伯父の家じゃ、盆支度は一家あげての一大イベントだったの。みんなで雨戸をはずして簾戸《すど》に取りかえて、仏間の畳を拭《ふ》いて、お座布団を新しくして、表の門柱へ提灯を飾って……」

夫の向かいへ座りながら、数えあげるように千晶は言う。

伯母の癇性《かんしょう》な声が、鼓膜の奥でよみがえる。

提灯は、お客さまに家紋が見えるようにね。次はやわらかい布で、お鈴やお香炉を磨いてちょうだい。曇りがないよう、丁寧にやるのよ。何代ものご先祖さまが帰ってくるんだから、せいいっぱい礼を尽くしなさい。でないとあんた、おっかない目に遭わされるわよ――。

「死んだ人が帰ってくるのに、無礼はできないわ」

棒読みで言い、千晶は微笑む。

「だって、怖いじゃない」

そう、怖い。

あの頃はなにもかもが怖かった。軋《きし》む廊下。風を切る音。とどろく雷。剝製《はくせい》の義眼。ちゃんと手を動かしてる？　伯母が訊《き》く。やってます、と千晶は答える。嘘ばっかり、ぜんぜん終わってないじゃないの。嘘つき。嘘つき。嘘つき。指を突きつけて、伯母がわめく。ポケットの中で、千晶は石を握りしめる。

戻ってくる死びと。鬱蒼《うっそう》と茂る木々。

伯母の折檻《せっかん》。枝葉が作る黒い影。

──今も、怖い。

「ところできみの実家へのお墓参りはどうする？　高速を使っても、たぶん一時間はかかるよな？」

夫の声が思考を遮る。まるで邪気のない声音だ。

千晶は短く息を吐き、言った。

「それこそ気にしないで。わたし一人で、電車で行ってくるわ」

「いいのか」

市郎がほっとした様子を隠さず言う。

やはり彼は嘘が下手だ、と千晶は思った。いや、正直者と言うべきか。

でもそれでいい。妻の親族に積極的に会いたがる男なんて、滅多にいまい。千晶にとっては好都合だ。

母や弟とはずっと疎遠だった。市郎が再婚であることを理由に式も披露宴も挙げず、千晶は結婚の報告を電話一本で済ませた。

両親が離婚したとき、千晶は八歳だった。

父はとうに亡くなったらしいが、葬儀にすら出なかった。墓がどこにあるかも、いまだ知らないままだ。

「お忙しいところすみません。夏祭りの寄付金を集めにうかがいました」

インターフォンの向こうで涼しい声がした。

「あら、波佐野さん」

千晶はドアを開けて羽美を迎えた。

「今年の実行委員なんです。子供神輿《みこし》のため一律五百円、お願いできますでしょうか」

「子供神輿なんてあるんですね。楽しそう」

釣りの小銭を受けとりながら、葵も参加するんだろうか、と千晶はぼんやり思った。

「そうか、島崎さんはこっちのお祭り、はじめてなんですよね」

羽美が微笑む。

「ええ。子供た――息子が、たぶん」

子供たちと言いそうになり、慌てて言葉を呑《の》んだ。

「息子が行くと思います。わたしも時間ができれば、夫と」

「金土日と三日間の開催ですから、お時間ができたらぜひいらしてください」

そう言ってから、羽美が首をかしげた。

「島崎さん、もしかして夏風邪ですか？　なんだか顔色がよくないみたい」

「いえ、ただの寝不足。このところ熱帯夜がつづいたでしょう。寝苦しくて、夜中に何度も起きちゃうんです」

千晶は手を振った。

市郎は冷房をかけて眠るのが嫌いだ。隣で寝る千晶は蒸し暑くてたまらない。だからだろう、いやな夢ばかりみる。

夢ではいつも遠雷が鳴っている。木の下で死人が笑う。嘘つき、という伯母の金切り声に、弟の泣き声が重なる。弟を守らなきゃ、と千晶はポケットを手で探る――。

じゃあまた、と言って羽美は帰っていった。

愛想笑いをかき消し、千晶はふうと吐息をつく。

確かに体がだるい。こめかみで鈍痛が疼《うず》いている。食欲はなく、軽い吐き気がする。

みしり、と家鳴りがした。

千晶の鼓動が跳ねた。なかば無意識に振りかえる。

誰もいない。いるわけがない――だって夫は会社だ。航希は葵を連れて、さっきコンビニへ出かけたばかりだ。

仏間のガラス障子が開いていた。あの子たち、開けっぱなしで出かけたのかしら。エアコンを効かせているのに、と千晶はいぶかった。

鎮座する仏壇を目に入れぬよう、視線をはずして戸を閉める。

今わたしは奥さんと二人きりか、と心中でつぶやいた。瞬間、胸が冷えた。

――どこへ行っていたの。遅かったのね。

――生憎《あいにく》ね。あなたは嘘が下手だからすぐわかるのよ。スマホを見せて。

――他人の迷惑なんか、ほんとは気にしちゃいないくせに。やましいことがないなら、見せられるはずでしょう。

いつか聞いた幻聴がよみがえる。

あれはほんとうに幻聴だったのだろうか。だとしたら、わたしの心の声か。わたしのこの胸に巣食う怯《おび》えが生んだのか。

やましいことはなかった。夫とは不倫ではなかった。

浮気《うわき》する男なんて嫌いだ。なぜって父がほかの女に心を移したせいで、千晶の両親は離婚したのだから。

かつて母も、あんなふうに父と喧嘩《けんか》したのか。ああやって声を荒らげ、真っ赤な顔を歪《ゆが》めて父を問いつめたのか。

かすかに覚えている。離婚する前、母は怖かった。いつも苛立《いらだ》って、とげとげしくて、別人のようだった。おそらく病床のあおいも、あの頃の母と同じく――。

背後で床が軋んだ。

みしり。

違う。家鳴りではない。

千晶は振りかえった。

彼女の視界いっぱいに、白いものが広がった。近づく。襲いかかってくる。

悲鳴をあげ、千晶はそれを突き飛ばした。

渾身《こんしん》の力だった。白は大きく揺れ、あっけなく廊下に転がった。

白がシーツだと気づいたのは、直後のことだ。

裾《すそ》から脚が覗《のぞ》いている。子供の脚だった。シーツをかぶった葵が、ふざけて飛びついてきたのだとようやく悟った。

隠れて見ていたらしい航希が、青い顔で少年に駆け寄ってきた。

「なにしてるんだ。子供に乱暴するなよ」

航希が怒鳴る。千晶は後ずさった。

「ご、ごめんなさい」

語尾が震えた。乾いた舌が、上顎《あご》に貼りつく。

葵が身を起こし、肩をさすりながら千晶を見あげた。目がわずかに潤んでいる。だが、泣いてはいない。

「ううん、ぼ——ぼくこそ、ごめんなさい。おばさんが、あんなに驚くと思わなかったんだ。ちょっとだけ、いたずらのつもりで」

「おれがやっていいって言ったんだ。叱るなら、おれを叱ればいいだろ」

いじらしい口ぶりの葵とは反対に、航希が憤然と言う。

閉めたはずの仏間の戸が、またひらいている。継息子の背後から、あおいの遺影が千晶を斜めの角度で見据えている。

千晶は後ずさりつづけた。

背が壁にぶつかった。

ごめんなさい、ごめんなさい——うわごとのように繰りかえしながら、千晶はきびすを返し、キッチンへと逃げこんだ。

それからの数時間を、千晶はほとんど覚えていない。

気がつくと、包丁を手に立っていた。身についた習慣で、時間どおり夕飯の支度をしていたらしい。ぼんやり窓の外を見やる。空が夕焼けの茜《あかね》に染まっていた。

体がだるい。吐き気がする。

なのに体はひとりでに立ち働いて、夕餉《ゆうげ》の膳《ぜん》をととのえようとしている。

チャイムが鳴った。

夫だ。緩慢に千晶は動いた。エントランスを開錠する。彼が十六階まであがってくるのを待つ。いつの間にか葵は帰ったらしい。三和土《たたき》に靴がない。

「ただいま」夫が言う。

「お帰りなさい、父さん」

音もなく千晶の背後に立っていた航希が答える。

彼女が手を出す前にかばんを受けとり、継母には見向きもせず父親だけを見あげる。

平静なその声音に、すでに怒りの色はない。

この子はなんて母親似なんだろう。あらためて千晶は思う。色白で、鼻筋が通って、とくに横顔なんて生きうつしだ。

目がかすむ。気のせいか、夫の背に薄い影が揺らめき、二重写しのようにだぶって見える。

怖い。口の中で千晶はつぶやく。

──怖い。

それから三日経っても、葵は島崎家を訪れなかった。

航希は千晶を無言で責めているのか、口をきこうとしない。目線すら合わさない。

気づまりな三日間を過ごした果てに、千晶は継息子の目を盗んで二階へと向かった。

確か二〇九号室と言っていたはずだ。平日だから両親は不在だろうが、葵の様子が知りたかった。

いちばん奥の角部屋の前に立つ。すこし躊躇《ちゅうちょ》したのち、チャイムを押す。

インターフォンが、かすかにぶつりと音をたてた。

葵だろうか。千晶はほっとして、マイクに口を近づけた。

「葵くん？　あの、十六階の、島崎のおばさんだけど」

返事はない。

「元気かと思って来てみたの。もしかして、頭でも打った？　あとで具合が悪くなったの？　それともおばさんのこと、怒ってる？」

返ってくるのは沈黙だけだ。千晶は焦れ、早口になった。

「もし怒ってないなら、またうちに来てね。そうだ、もうすぐ夏祭りだし、コウちゃんと三人で行きましょうよ。縁日の屋台がいっぱい出るらしいわよ。子供神輿には、参加

する の？」

返事はないが、ドアの向こうに誰かいるのはわかる。気配がする。

「葵く……」

言いかけたとき、インターフォンからかすかな息遣いが聞こえた。

なぜかその瞬間、千晶の背が悪寒で波打った。

──女だ。

理屈ではない。直感だった。

ドア一枚隔てた向こうにいるのは、葵ではない。女だ。息を殺し、無言で千晶をうかがっている。得体の知れない悪意をひりひりと感じる。

短く悲鳴をあげ、千晶は後ろへ飛びすさった。

怖いものから逃げるように、彼女はあとも見ず駆けだした。

エレベータの昇降ボタンを押す。点滅するランプを見あげながら、剝《む》きだしの腕を無意識に擦る。

ひらいたエレベータへ乗りこみ、壁へ背を預けた。

──わたし、なにしてるんだろう。

ゆっくりと理性が戻ってくるのを自覚した。馬鹿みたいだ、と自嘲《じちょう》で唇が歪む。

まったく馬鹿げてる。今のわたしは、揺れる薄《すすき》を怖がる子供同然だ。そう思うのに、二〇九号室の前へ戻る気はかけらも起きない。

その後二日待ったが、やはり葵は来なかった。

夫は忙しく、今年は盆休みをとれそうにないという。航希とは会話がないままだ。千晶は眠れぬ寝苦しい夜を数え、吐き気と頭痛にさいなまれつづけた。

暦は盆の迎え火、八月十三日になろうとしていた。


耳もとで蚊の羽音がした。

千晶は目を覚ました。

頭をもたげる。己の脚に、取りこんだタオルやシャツがからみついているのが映る。洗濯物をたたもうとして、だるさに負け、横になったところまでは覚えていた。

どうやらそのまま寝入ってしまったらしい。夜眠れないせいで、このところ昼間に眠くてしょうがない。

疼《うず》くこめかみを指で押さえ、身を起こした。

はっとする。

仏間のガラス障子が開けはなたれている。

仏壇を背に座った、あおいと幼い航希が千晶を見ていた。きれいに膝《ひざ》をそろえて正座し、手を腿《もも》に置いて彼女を見つめている。紙の面のような無表情だ。置き灯籠《どうろう》の薄青い光が、畳の上で揺れる。

ああ、責めている。千晶は思う。両の眼でわたしを咎《とが》め、非難している。

——なぜってわたしが、嘘つきだからだ。

「ご……」

意図せず、声が洩《も》れた。

「ごめん、なさい」

喉《のど》が引き攣《つ》る。

不倫じゃない。そう自分に言い聞かせ、だましてきた。

ずっと罪悪感に蓋《ふた》をしてきた。けれど。

先妻に向かい、あえぐように千晶は言った。

「ほんとうは——ほんとうは、あなたが生きている頃から、課長のことが好きだったの。ごめんなさい」

部下として支えてきた、なんて嘘。最初から期待していた。

彼があなたを裏切って、わたしに心移りするのを期待して、待っていた。

——だって課長が、あのひとが欲しかった。

千晶の父は離婚後、一年と経たず事故死した。養育費が途絶え、経済的に困窮した母は、長女の彼女だけを伯父家に養子に出した。

しかたないと理性ではあきらめていた。

でも心の底ではずっと、「自分だけ養子に出された。母は滅多に会いに来てくれなかった。わたしは捨てられたのだ」という思いがくすぶっていた。母を、恨んでいた。

「課長は、いつも穏やかで、やさしくて――お父さんみたいだった」

千晶は呻《うめ》く。

実父の記憶は、ほぼないに等しい。

島崎市郎は、千晶が思い描いた理想の父にひどく近かった。

養父母宅での暮らしは孤独だった。なにを見ても恐ろしく、なにをしていても気が休まらなかった。伯母の叱責と折檻《せっかん》が怖かった。「嘘をつくんじゃない、怠けるんじゃない」「死んだご先祖が帰ってきて、あんたをひどい目に遭わせるよ」という脅し文句は背を凍らせた。

「許して。あなたにも航希くんにも、申しわけないと思っています。でも……でもわたしは、今のこの暮らしを失いたくない」

千晶は畳に両手を突いた。

憧《あこが》れの市郎と結ばれたこと。養父母宅とは正反対の、陽光が射しこむきれいなマンションに住めたこと。すべてが夢のようだった。どんな真似をしてでも手ばなしたくない生活だった。

だから己にまで、嘘をついた。

ほんとうは夫に父を見ていた。そして航希に、弟たちの姿を重ねていた。

自分と違い、母から引き離されずに済んだ弟たち。泣くばかりで甘やかされ、千晶にばかり負担を強いてきた、二人の弟。

航希がなつかなくて当たり前だ。

意識下で反感を抱いていたのは、彼でなくわたしのほうだった。

「ごめんなさい――」

振り絞るように、高く叫んだ。

耳のそばで、ふたたび蚊が唸《うな》る。

はっと千晶は覚醒《かくせい》した。

ゆっくりと目の焦点が合っていく。開けはなたれたガラス障子。揺れる灯籠の火。黒光りする仏壇の前で、ふたつの影が座ってこちらを見ている。でもあれは、先妻ではない。幼い航希でもない。

高校生の――現在の航希と、葵だった。

呆然《ぼうぜん》と千晶は二人を見かえした。

息もつけない数秒が過ぎる。肌に貼りつく汗が冷たい。

航希が立ちあがった。葵もそれにならう。

身動きできずにいる彼女の脇をすり抜ける一瞬、千晶は、航希の手が肩に置かれるのを感じた。

思いがけぬ、やさしい手つきであった。

静寂に蟬の声が響いた。

お囃子《はやし》の音が、夕暮れの風にのって聞こえてくる。

茜空《あかねぞら》に蝙蝠《こうもり》が群れ飛んでいた。鳥居の向こうには、色とりどりの屋台が拝殿の前まで並んでいる。鉄板でソースの焦げるこうばしい匂いが漂ってくる。

境内は混みあっていた。

家族連れだけでなく、浴衣姿のカップルや、夫婦らしき男女も多い。夜まで待機中なのか、法被を諸肌脱ぎにした男たちが神輿《みこし》を囲んで車座になっている。

千晶はスマートフォンをバッグにしまって、

「お父さん、残業せず帰ってくるそうよ。家には寄らずに、この神社へ直行するってメールが来たわ」と言った。

葵と手をつないだ航希が低く答える。

「うまく合流できるといいけど。この人ごみじゃ、誰がどこにいるかさっぱりだ」

「大丈夫よ。お祭りの中でスーツは目立つから」

こうして見ると、航希は葵の保護者そのものだ。綿飴《わたあめ》に、焼きとうもろこしに、かき氷にと目移りする葵に、いやな顔ひとつせず世話を焼きつづけている。知らない人が見たら本物の家族と思うだろう。

あの日を境に、急速に航希の態度はやわらいだ。

千晶の目を見て話すようになり、台所仕事の手伝いまで申し出るようになった。そして葵も、以前のように足しげく通ってくるようになった。

いまだ千晶の体調はすぐれない。だが不眠症ははっきりと快癒に向かっていた。反動か、むしろ眠くてしかたがないくらいだ。

——なにもかもが好転しつつある。

そんな気がしていた。

ふと、千晶は耳をそばだてた。子供の泣き声がする。

迷子だわ、と千晶は眉《まゆ》をひそめた。この人ごみならば、そりゃあはぐれる子もいるだろう。見つけたらお祭りの実行委員のもとへ連れて行けばいいのかしら、と彼女は思案する。小刻みな太鼓の音が、まるで遠い雷のようだ。

ずきり、と掌の古傷が鈍く痛んだ。

なぜか千晶の胸がざわめく。

まさかね、と彼女はその不安を打ち消した。

そんなまさか。たった今、すべてうまくいきはじめていると思ったばかりじゃないの。

無意識に千晶はポケットを探った。このワンピースにポケットはないのだ、と気づくまでに数秒かかった。

子供の泣き声はやまない。

こめかみが疼きだす。掌の傷と呼応するように、脈打つように彼女を苛《さいな》む。

綿飴を持った少女の髪飾りが、夕陽を弾いて鋭く光った。

千晶は眉根を寄せた。

光に目が痛んで、眩《くら》む。

突然、数歩先を行く航希と葵が振りかえった。

彼らは声を揃え、千晶に指を突きつけた。

「――嘘つき」

声に笑いが滲《にじ》んでいた。少年たちの両の眼も笑っていた。突き刺すような嘲笑《ちょうしょう》だった。

千晶の視界が、くらりと歪《ゆが》んだ。

少年たちが笑っている。糾弾している。

この嘘つき女。父さんに隠し事を重ねて、ぼくらをだまして、いまだに自分までもだまして。

――違うわ。

声にならぬ声で、彼女は反駁《はんばく》した。

違う、あれは嘘じゃなかった。夫の先妻に罪悪感があったことも、怯《おび》えていたのもほんとうだ。

ただその奥に、もう一枚扉がある。

鍵《かぎ》をかけ、ぶ厚い殻のような鎧戸《よろいど》で覆った記憶の扉だ。けして開けてはいけない扉だ。

なぜってそれを思いだしてしまったら、わたしは――。

いつの間にか葵が石を手にしている。大きな尖《とが》った石だった。

バッグの中で着信音が鳴っている。航希の肩越しに、スマートフォンを耳に当てて歩いてくる夫が映る。その姿が陽炎《かげろう》のように揺れ、ぶれて遠い日の父に重なる。

葵が笑っている。振りかぶり、千晶目がけてまっすぐに石を投げつける。

風を切る音がした。

その刹那《せつな》、千晶の記憶の殻が砕けた。

──思いだした。

彼女は目を見ひらいた。

千晶が八歳のとき、両親は離婚した。

上の弟は三歳、下の弟はまだ二歳だった。母は田舎の実家へ帰り、祖母に子供たちを日中預けて働きだした。

「お父さんはお仕事の都合でね、遠くへ行っちゃったの」

母からはそう聞かされていた。

母の実家は山中の農村で、たまに遊びに行くにはよかったが、住むにはひどく不便だった。弟たちは祖母の家をいやがり、「早く帰りたい」、「お父さんのとこへ行きたい」と泣いてばかりいた。

そんな子供らをもてあまし、祖母は母に隠れて言った。

「あんたらのお父さんはね、死んじゃったんだよ」

「だからもう会いに来ないよ。迎えにも来ない。わかったら、ばあばの家でおとなしくしてなさい」

今なら、祖母の気持ちもわかる。

七十代の祖母に三人の子供の世話は、肉体的にも精神的にも負担が大きすぎた。癇《かん》癪《しゃく》を起こし泣きわめく子供たちを、老女はすこしでも静かにさせたかったのだろう。

祖母の言葉を、幼い千晶は信じこんだ。弟たちも信じた。

祖母の思惑どおり、彼らはしょげかえり、わがままを言うのをやめた。

――だからだ。

だからあの日、母に内緒でこっそり会いに来た父を、千晶は幽霊だと思った。

季節は夏だった。枝葉の生い茂る木陰で、父ははにかんだように笑い、千晶たちに向かって手を振った。怖いほど蜩《ひぐらし》が啼いていた。

弟たちは抱きあって泣いた。怯え、しゃくりあげた。

おののく弟たちを、千晶は守らねばならなかった。

だから掌の中のいちばん大きな石を、父の幽霊に向かって投げつけた。

石を避けようとして、父はよろめいた。人目につかぬようにと忍んで山道をのぼってきた彼の背後には、足場がなかった。切り立った岩場の斜面を、父は声もなく転げ落ち、

そして――。

千晶は愕《がく》然《ぜん》と立ちすくんだ。

十数年の時を超え、彼女はようやく理解した。なぜ母が彼女だけを養子に出したのか、その理由を。

迎えに来てと何度電話しても黙殺されたわけを。

母が弟たちばかりを可愛がり、千晶を避けた原因を。

――父の死は、事故ではなかった。

わたしが殺した。

掌の傷は、伯母の折檻《せっかん》でできたのではない。あの日の石で切った傷だった。

――わたしが、父を。

そのすべてを思いだすまでに、万分の一秒もかからなかった。一瞬で、なにもかもが走馬灯のように駆けめぐった。

葵の投げた石が頬をかすめる。千晶の体が傾ぎ、大きく泳いだ。

どこかで悲鳴が聞こえた気がした。

誰が止める間もなく、彼女は神社の高い石段からまっさかさまに転落していた。

＊

「……これで、あらかた済んだかな。本や雑誌は古本屋に持っていくなり、捨てるなりしてくれ。おまえの好きにしていいぞ」

梱包《こんぽう》用の結束バンドを手にして言う市郎に、

「いいよ。たぶんおれも読むから、そのままにしとく」

と航希は首を振った。

室内は家具の八割近くを失って、がらんとしていた。

遠慮せず引っ越し先へ持っていって、と言ったのは航希本人だ。高校生の一人暮らしに、家具も家電もたいして必要ではない。電子レンジとDVDデッキ、パソコン、冷蔵庫、そして実母の仏壇だけ残してくれればいい。これから父さんもお義母さんも、いろいろ大変だろうから——と。

夏祭りの夜に石段から落下した千晶は、ちょうど下にいた大学生たちに受けとめられ、大事にはいたらなかった。

搬送先の病院の医師は、「尺骨にひびが入っただけです。お腹の子も無事ですよ」と微笑みながら市郎に告げた。

夏に入って千晶がずっと体調不良だった理由を、市郎はそのときはじめて知った。聞かされた千晶本人も茫然《ぼうぜん》自失していた。

一応の事情聴取に訪れた警察によると、

「子供に石を投げられて、女の人が落ちた」

との目撃証人が数人いたという。

だがもっとも近くにいた航希はそれを否定した。市郎もまた、逃げる子供の姿など見ていなかった。なにより当の千晶が、「めまいがして、自分で足をすべらせた」と証言した。

警察は「お大事に」と機械的に告げて病院を去った。その後音沙汰《おとさた》がないところをみると、事故として処理されたに違いなかった。

「――ガスファンヒーターは残していくからな。夏はエアコンで問題ないが、冬はさすがに心もとないだろう」

「うん。床暖房があるし、ファンヒーターがあれば大丈夫だよ」

航希は首肯した。

「足りない生活用品があったらいつでも電話しろ。光熱費や通信費は変わらず、父さんの口座から引き落としだからな。心配するな」

千晶の精神状態とお腹の子を慮り、空気のいい郊外へ引っ越そうと言い出したのは市郎であった。

しかし、高校二年の航希の存在がネックとなった。進学先をすでに決めている彼にとって、この時期の引っ越しはけして得策とは言えない。

数日の話し合いの結果、航希だけがマンションに残ると決定した。

「もう十七歳だ。充分一人でやっていけるよ」

航希はそう言って肩をすくめた。

高校にはすでに報告し、マンションの管理会社にも話を通した。自治会および理事会にも、最寄りの交番にも相談済みだ。それでも父はなお「仲間を呼んで大騒ぎなんかするなよ」と彼に幾度も釘《くぎ》を刺した。

「父さんこそ、新居からじゃ通勤時間が倍になるけど頑張ってよね。居眠り運転なんかしないよう、気をつけて」

彼の生意気な口調に、市郎が「ああ」と苦笑する。

「お義母さんの具合はどう。お腹の子は？」

「元気だよ。順調に大きくなっているそうだ」

「そう」

航希はうなずいた。

市郎が顔をしかめ、苦しげに言う。

「この歳になって情けないが、……忙しいのを言いわけに、ずっと年下の彼女に甘えすぎだったよ。千晶が落ちつき次第、あらためて話し合わなきゃいけないと思ってる。家族になったばかりなのに、会話さえろくにしてなかったからな」

――真っ白い顔で昏睡《こんすい》する千晶を見て、はじめて悔やんだ。

そう病院で、市郎は息子に苦く告げた。

「これから、二人でたくさん話しあうつもりだ。彼女にいろいろと謝らなきゃいけない。家族として、いちから出直しだ」

「よけいなお世話かもしれないけど、お義母さんは母さんの仏壇をいつも気にしてたよ。そばにあるのがつらかったのかも」

「そうか。子供のおまえでさえ気づくことに、おれは目をつぶって蓋《ふた》をしていたんだな。

仕事の忙しさにかまけて、また駄目な夫になるところだったよ、おれは」

いや、駄目な父親でもあったか――と苦笑して、息子の頭をくしゃっと撫《な》でる。

航希はそれをおとなしく受けて、

「そんなことないよ。父さんこそ、大丈夫？」

「ああ、おまえは心配するな」

市郎は弱よわしく笑った。

「新しく生まれてくる子のためにも、親がしっかりしてなくちゃいけないものな。今度こそおれが踏みとどまらないと。お腹の子を守ってくれた千晶には、つくづく感謝しかないよ」

そう言って、きびすを返す。

ガムテープを手に、ふたたび段ボールの山にしゃがみこむ。

「……違う」

ごくちいさな声で、航希は反駁《はんばく》した。

「〝守った〟のは、お腹の子のほうだよ。腹の赤ん坊が、土壇場で邪魔――いや、あのひとを守ったんだ」

とはいえ、千晶の精神状態がけしてよくないことを彼は知っていた。当然だ。父殺しの事実をあの女は知ったばかりなのだ。無事に出産までこぎつけられれば、お慰みだ。

だがその思いも、ささやきも、梱包した段ボールを積みあげていく父親には届かない。

市郎は軍手をはずし、息子を振りかえった。

「おまえを一人にして、ほんとうにすまない。寂しくさせてごめんな」

「やめてよ。子供じゃないんだ」

航希は笑った。

「父さんに、新しく守るものができたのと同じだよ。おれにはおれの守る暮らしがあるんだ。だから気にしないで」

「そうか？」

「もちろん」

少年の笑顔は晴れやかだった。

そう、彼には彼の暮らしがある。庇護《ひご》すべき家族があり、生活がある。彼自身が選択し、手に入れた新しい家族であった。

仏壇の前を、すいと幼い影が横切っていく。

灯籠《とうろう》の火に一瞬影がさし、畳の目の上で揺れる。やはり市郎が気づく様子はない。

母の遺影に微笑みかえして、航希は立ちあがった。

遠くで風鈴が鳴った。

第四話

あまくてにがい

「それでね、みっくんが『きみは色が白いから、お色直しは赤が映えるよ』って言うの。でもあたしはやっぱローズピンクのがいいと思うんだあ。プランナーさんだって『この手のピンクは、若い花嫁さんしかお似合いにならない色ですよ』って言うし……」

とめどなく受話口から流れる声に辟易《へきえき》し、秋山和葉《あきやまかずは》はスピーカーに切り替えたスマートフォンをそっとテーブルに置いた。

――まったく、今日はクロゼットの衣替えをする予定だったのに。

この子から電話がかかってくるといつもこうだ。なかなか切ってくれないから、二、三時間は平気で潰《つぶ》されてしまう。

あらためて和葉は室内を見まわした。

チェストの抽斗《ひきだし》は開きっぱなしで、秋服と入れ替えるはずの半袖《はんそで》が床に散乱している。夏らしいあざやかな色合いが、初秋めいていく窓越しの景色とちぐはぐだ。

和葉がこのマンション『サンクレール』の二〇九号室に引っ越してきたのは、夏のはじめであった。

ようやく家具が揃ったのは最近のことだ。小物の色味でインテリアにアクセントをつける余裕も出てきた。仕事は忙しいが、掃除も洗濯もまめに行なっている。昨日は天気がよかったので、思いきって布団を干した。実家と寮生活しか経験のない自分にしては、まずまずの暮らしぶりだと自負していた。

「でさ、みっくんが言うのよ。『披露宴って何人くらい呼ぶもんなんだ？　友達全員呼べばいいのか？』って。ほんと、変なところで抜けてるっていうか世間知らずだよねえ。まあそんなところが可愛いっちゃ可愛いけど——ちょっと、聞いてる？」

「聞いてるよ」

生返事をしながら、和葉はラ・メゾン・デュ・ショコラの箱を開ける。チョコレートをひとつつまみ、口に入れる。

音でばれないよう、舌の上で静かに溶かした。苦味を含んだ、こってりした甘さが口腔《こう》を満たしていく。甘みで脳が痺《しび》れるのがわかる。

——うん、最高。

うっとりと和葉は目を細めた。

なにしろ、たった十三粒で六千円近くする高級チョコだ。友人がくれた転居祝いと同じ、ハートギフトボックスである。

今月のお給料が入ってすぐ、自分でもオンラインストアで注文した。このブランドのチョコレートを口にするのは前回が初だったが、すっかり虜になってしまった。

スマートフォンから流れるのろけを聞き流して、和葉はぼんやりと転居祝いの夜を思いかえす。

――そうだ、あの夜はこの部屋に六人呼んだんだっけ。

みんな学生時代からの友人だ。「運送屋に頼むと高いよ」と軽トラを手配して荷物を運び入れてくれ、荷ほどきを手伝ってくれ、「お祝い」と称して手に手にワインやお菓子を持って集まってくれた。

サンクレールの外観を見るやいなや、

「すっごおい！　素敵なマンションじゃない。何年ローン？」

と友人たちは一様に歓声をあげた。エントランスを通り、この二〇九号室に入るまで、何度称賛を聞いたかわからない。そのたび和葉は笑って手を振った。

「違う違う。賃貸なの。部屋のオーナーがちょっとした知りあいでね、その人の厚意で貸してもらえたようなもんよ」

十何度目かの賛辞に同じ台詞《せりふ》で応えたときは、荷ほどきも終わり、すでにお酒が入っていた。持ち寄りのロゼシャンパンが半分以上あいていたのを、おぼろげに思いだせる。

だから、

「そうなんだ。てっきり慰謝料で買ったのかと思っちゃったあ」

と言った友人だって、きっと悪気などなかったはずだ。

しかし室内は、途端にしんと静まりかえった。

息づまるような静寂だった。空気が一瞬にして薄くなったように感じた。

和葉は笑おうとした。しかしその前に、

「馬鹿、なに言ってんの」

「あんた飲みすぎだよ」

とまわりの友人たちが慌てて彼女を諫《いさ》めたため、タイミングを逸してしまった。

「ごめん、トイレ」

気まずい思いで和葉は立ちあがった。

わざと時間をかけて顔を洗い、化粧を直して戻ると、「慰謝料云々《うんぬん》」と言った友人はいなくなっていた。どうやらほかの子たちが気を遣って帰したらしい。和葉は気づかないふりをして、ラ・メゾン・デュ・ショコラの箱に手を伸ばした。

真っ赤なハート形のギフトボックスに詰まったチョコレートを、ひとつ口に放りこむ。

三つめで、くすぶるような怒りが鎮まっていくのがわかった。

濃い糖分が扁桃体《へんとう》を麻痺《まひ》させていく。

幼い頃からそうだった。チョコレートは、彼女にとってデパスやソラナックス以上の精神安定剤であった。

たゆたうアルコールの酔いが、さらに効果を倍増させてくれた。和葉はグラスに残ったワインをぐっと呷《あお》った。

それから、どれほど時間が経っただろう。

ふと気づけば、友人たちはお決まりの怪談ばなしをはじめていた。

「——これ、あたしの友達の友達が体験した、ほんとにあった話らしいんだけど……」

友人の一人が、語りはじめの定型句を口にしている。車座になった一同を意味ありげに眺めまわす。

和葉は怪談のほとんどを、右から左へ聞き流した。

皆にわからないペースでチョコレートを食べつづけるのに忙しく、怖がる暇もなかった。

だがひとつだけ、妙に頭に残っているくだりがあった。

「……でね、それほどたて続けに怪異が起こった事故物件なのに、当の本人は平気で住んでたらしいの。そのうちLINEにも返事しなくなって、心配になった友達が見にいってみたら、その子、別人みたいにげっそり痩《や》せちゃって。

なのに本人は上機嫌で『最近いろいろあったのよ。まずお父さんが事故に遭ってね。わたしも病気しちゃって、仕事をくびになって……』って、親の死や自分の不幸を、笑い話みたいにしゃべるんだって。友達は気味が悪くなって、仲間を呼んで数人がかりで部屋から引きずり出したんだけど、でもそのときには、もう手遅れで――……」

「ねえ、聞いてるう？」

スピーカーフォン越しに苛立《いらだ》った声がした。

「うん、聞いてる」

急いで和葉は返事をした。

いけない。つい相槌《あいづち》がおろそかになってしまった。

電波の向こうの相手が「ふん、ならいいけど」と言い、また言葉を継ぐ。

「そんでさ、ウェルカムボードとかは友達に手作りしてもらうのが出費削減のこつなんだって。あとほら、ウェルカムベアっていうの？　入り口んとこに置く縫いぐるみ。ああいうのも、誰かにお祝いで作ってもらえばタダで済むわけじゃん……」

またぞろ興味のない話題がつづく。

聞いてる、と相槌を打ったばかりなのに、またも和葉の心は彼方《かなた》へ飛んでいく。すでに遠くなりかけた日々の追想に、ゆっくりと沈んでいく。

この部屋のオーナーである波佐野羽美と和葉が知り合ったのは、『癒しの会』と呼ばれるメンタル系の自助団体を通してであった。

会員は女性限定で、最初はネットで申し込み、数回ウェブ上でやりとりしたのち、会員同士が会って親睦《しんぼく》を深めるというシステムだ。

手続きがわずらわしいのは冷やかしを避けるためだという。アメリカの断酒会によく似た、「悩みを打ちあけ、癒し合う」ことを主眼とした集まりであった。羽美はその会に運営ボランティアとして参加しつつ、自身も会員として参加していた。

和葉の〝語る順番〟がやって来たのは、出席をはじめて四度目の夜だった。

いざそのときが来るまで、和葉は不安だった。

恥と屈辱でなにも話せなくなるのではないか、無言で泣くしかできないのではないか。

そう危惧《きぐ》していた。

だが「さあ、次はあなたの番」と言われた途端、言葉は驚くほどすんなり喉《のど》を通った。

堰《せき》を切ったように彼女は語った。――あの日のことを。


皮切りは、やはり電話だった。

「だからさ、そんな気なかったのよ。ただのつまみ食いのつもりだったんだってぇ」

うんざりした口調で、あの夜の菜々香《ななか》はそうまくしたてた。

「カラオケに朝までいるのも面倒だったから、まーいっかって感じでお持ち帰りしちゃっただけ。まさか彼女にばれてカチこまれるなんて思わないじゃん。それがまたウッザい女でさ、朝も夜もしつこく電話してきてうるさいったらないのよ。いい加減、温厚なあたしでもブチギレるっての」

「だからなに」

同じほど倦《う》んだ声で和葉は応じた。

「あんたが〝つまみ食い〟したおかげで厄介事になったのはわかったわ。で、なんなの。もう夜中の二時よ。わたし、明日も仕事なんだけど」

精一杯、尖《とが》った声を出したつもりだった。

しかし菜々香は意にも介さず、

「なんなのじゃないでしょー。察し悪いふりしないでよ、和《かず》ちゃん。付きあい長いんだから、あたしがなんでこの話題引っぱってるのかわかるでしょ」

と笑った。

苛立ちがちりっと和葉の神経を走る。電話を叩《たた》き切ってしまいたい衝動にかられる。

しかし彼女はそうしなかった。

和葉を押しとどめたのはいつもの記憶――脳裏に浮かぶ、からんだ小指と小指の映像と、かすれた歌声だった。

――ゆびきりげんまん、嘘ついたら針千本飲ぉますしょう。ゆびきった。

そして舌によみがえる、チョコレートの甘み。

もちろんあの頃口にできたのは、高級ブランドのチョコレートなんかじゃなかった。一枚百数十円の板チョコだった。

しかし幼い和葉にとっては、なにものにも代えがたい至福の味であった。

「……わたしに、なにをさせたいの」

押しころした声で和葉は訊《き》いた。

訊きたくはなかったが、しかたがない。すべては〝約束〟を守るためだ。だから、しょうがない。

「さすが和ちゃん。話早くて助かるぅ」

菜々香が声を弾ませた。

「じつはさ、あたしの代わりにその女に会って欲しいんだよね」

「は？」

「だって『面と向かって話したい。会ってくれなきゃ許さない』ってキーキーしつっこいんだもん。どうしても直接あたしに文句言いたいみたいでさあ、でもそんなウザキモい女に付きあってらんないじゃん。へたしたら刺されるかもしんないし。だから和ちゃん、代わりに行ってきてよ」

「あんたねえ……」さすがに和葉は呆《あき》れた。

「刺してくるかもしれないような相手に、よく平気でわたしを差しだせるわね。すこしは良心が痛まないわけ？」

「大丈夫、大丈夫。和ちゃんのぶ厚い脂肪に、たかがナイフくらいじゃどうもなんないって。ていうか、バキッて刃が折れちゃうんじゃない」

菜々香が声をあげて笑う。

和葉は唇を噛《か》んだ。

そうだ、和葉は確かに昔、肥満児だった。標準体重より十八キロも多く、養護教諭に何度も呼び出されて食事を指導された。しかし高専時代に二十二キロの減量に成功したあとは体形を維持しつづけている。いまさら菜々香に蔑《さげす》まれるいわれはなかった。

――この電話を、すぐさま叩き切れたらいいのに。

切って、直後に着信拒否設定をして、二度とこの声を聞かずに済めばいいのに。

だが和葉はあきらめの吐息をついた。

菜々香を拒めた例しはない。これからもきっとそうだろう。

だって、遠い日に小指をからめて約束してしまったからだ。

きっと後悔するとわかっていて、和葉は「何日の何時、どこへ行けばいいか」を訊いた。菜々香が悪びれずに伝えてくる情報をメモにとり、通話を切ったあと、スマートフォンのスケジュール帳に入力した。

当日になっても、すっぽかすだなんて頭の片隅にも浮かばなかった。

和葉は指定されたファミレスに、約束どおり午後七時に着いた。店内の席は六割がた埋まっており、ほとんどはカップルか家族連れだった。

和葉を待ち受けていたのは、目を真っ赤に泣き腫《は》らした若い女だった。想像したのとはだいぶ違っていた。染めた様子のない黒髪を肩に流し、安価量販店の野暮ったいニットを着ていた。

とても菜々香と男を争うような女の子には思えない。年齢は、せいぜい二十歳前後に見えた。

戸惑いながらも対面の席に座った和葉を、

「あなたが〝ななちゃん〟ですね」

と女は恨みがましい目で睨《にら》んだ。涙で化粧が落ち、鼻のまわりが粉を吹いていた。

刺されるとまではいかなくとも、これはビンタの一、二発も喰らうかもしれない、と和葉は内心で覚悟した。

しかし女は暴力に訴えてはこなかった。

代わりに三時間にわたって「わたしから彼を奪って嬉《うれ》しいですか」だの、「わたしたちのこと、なにも知らないくせに」だの、「あなたなんか入りこめない歴史が、わたしたちにはあるんですからね」だのといった繰り言を延々聞かされる羽目になった。飲む暇もないままぬるくなっていく烏龍茶《ウーロンちゃ》を前に、和葉はうなだれて座っているほかなかった。女は洟《はな》を啜《すす》り、

「あ、あなたは知らないでしょうけど——みっくんとわたし、将来を誓った仲なんです。結婚しようねって、三年も前からです。ゆ、指輪だってもらったし。そりゃ安物だけど、でも、いずれは本物をあげるからねって、みっくん——」

とテーブルに涙の雫《しずく》をこぼした。

——みっくん……。ああそうか、菜々香の彼氏は、確か路也《みちや》といったっけ。

己の爪を眺めながら、和葉はぼんやりと思った。

以前プリクラを見せてもらったことがある。金茶に染めた髪を逆立てた、鶏がらのような男だった。

バンドマンで、水商売のバイトをしながらメジャーデビューを目指していると菜々香から聞いた。その時点で馬鹿だと思ったが、こんな真面目そうな女の子までひっかけるなんて、想像以上のろくでなしだったようだ。

目の前の女が、涙声で言いつのる。

「あ、あなたのことなんか、遊びに決まってます。一度のあやまちっていうか……やさしい人だから、断れなかったんです。あなたが相談があるなんて言うから、彼、つい呼び出しに応じちゃって」

布製のバッグを探ってポケットティッシュを出し、派手に鼻をかむ。鼻の頭も、目のまわりも真っ赤だ。

「ど、どうせ、あなたから誘ったんでしょ。みっくん、ハメられたって言ってました。酔わされて、気づいたらホテルにいて――お、おまけに、わたしに、わざわざこんな画像まで送ってきて」

「画像？」

和葉は眉根《まゆね》を寄せた。

「とぼけないで」女が叫び、スマートフォンを彼女に突きつけた。

和葉は目を見張った。

眼前に、若い男女のきわどい画像があった。背景はどこかのラブホテルだろう、枕元に各種スイッチのあるだだっ広いベッドが映っている。

数秒、和葉は混乱した。

――これ、わたしと彼？

男は上半身もあらわに、眠っているらしく目を閉じていた。シーツを体に巻きつけた女が、隣で笑ってピースサインをしている。

ベッドで眠っている男は、間違いなく和葉の恋人だ。首のほくろが同じところにある。鎖骨の短い傷も、よく見知った位置にある。女の顔は和葉とそっくりだ。丸い目も、すこし上を向いた鼻も和葉にうりふたつだった。

──でも、違う。

和葉は呆然《ぼうぜん》とつぶやいた。

違う、これは菜々香だ。わたしの、年子の妹の菜々香──。

そして和葉の恋人の名は「隆道《たかみち》」であった。

彼女は視線をあげ、スマートフォンを突き出したまましゃくりあげる女を、あらためて見つめた。

和葉はその瞬間、今のいままで己の恋人だと思っていた男が、眼前の女と、年子の妹と、自分と三股をかけていたとはじめて知った。

そしてこうなるとわかっていて、菜々香は姉の和葉をこの場へ来させたのだ、ということも。

頭蓋《ずがい》に、菜々香の高い嘲笑《ちょうしょう》が響きわたった。

「……でもさ、引き出物がカタログとかありきたりじゃん？　それに結婚式でお返しなんて期待してる人いないと思うんだよねえ。なんていうの、祝う気持ち？　そういうのが大事なわけでしょ。それに記念になるものが一番なわけでさあ。だからあたしとみっくんのツーショットをポストカードにして、それでいいじゃんって……」

あの日脳裏に響いたのと同じ、神経に障るきんきん声で菜々香が言う。

聞きたくない。こんな電話、今すぐ切ってしまいたい。

――でも、できない。

そんな姉の気持ちを見透かしたように、菜々香はなおもしゃべりつづける。

「もうさ、結婚ってめんどくさいことばっかだよね。式のお金はパパとママが出してくれるからいいとしても、結納だーとか顔合わせだーとか、上司に仲人《なこうど》頼んでどうのこうのーとか、アタマ破裂しちゃうっての。楽しみなのは産んだあとの新婚旅行くらいよ。みっくんも、思ったよか頼りになんないしさあ」

「文句があるなら、やめれば」

われながら、しわがれた声が洩《も》れた。菜々香が噴き出す。

「ないない。いまさらやめれるわけないじゃん。だいたい〝デキちゃった〟から結婚するんだし？　マタニティのウエディングドレス、フルオーダー済みだしねえ」

あ、みっくんが来たみたい。またね――そう言い捨てて、通話がぶつりと切れる。

部屋に静寂が落ちた。

和葉は緩慢に指をあげた。箱からチョコレートをつまみ、口に押しこむ。つづけてもうひとつ。さらにもうひとつ。

カフェインとテオブロミンが暗い怒りを鎮めてくれるのを待ちながら、和葉はきつく目を閉じ、チョコを舌で溶かしつづけた。

「いつもお世話になっております。ええ、手形割引のご用命ですね。まことにありがとうございます。では本日うかがいますので、失礼ですがよろしい時間帯をご指定いただけますと……」

和葉は電話を耳と肩の間に挟み、立て板に水で言った。

「……その際ですね、お手数ですが最新の試算表と受注明細書をお願いできますでしょうか。ええ、ご存じのとおり保証協会がうるさいものでして。申しわけございません。はい、それでは失礼致します」

通話を切り、ふうと息を吐く。

壁の時計を見あげ、隣席の同僚に声をかけた。

「すみません。秋山、お昼行ってきます」

同僚がうなずくのを横目に、和葉は職場である銀行を出た。

大手銀行では行員を昼休みに外出させないらしいが、この地銀は外まわりもする和葉たちにそこまでうるさくは言わない。

とはいえ駅からかなり離れた、ちいさな銀行支店だ。徒歩五分圏内でランチといえば、さびれた喫茶店に、ラーメン屋に、イートイン席のあるパン屋くらいである。

すこし迷って、和葉はパン屋に入った。レジでツナと玉子のサンドウィッチを買って、窓際の席に着く。

バッグからスマートフォンを取りだしかけ、やめた。もし菜々香からLINEが来ていたなら、不用意に既読を付けてしまうことになる。

和葉は立ちあがり、板チョコが一枚丸ごと入ったデニッシュを追加で買った。

コーヒーで口を湿らすことなく、真っ先にかぶりつく。

待ちわびた糖分で、頬の唾液腺《だえきせん》が痛んだ。またカロリーオーバーしてしまった後悔と、充足感がないまぜになって胸を満たした。

――そういえば菜々香は今、ブライダルエステに通ってるんだっけ。

ウエストを何センチ絞っただの、デコルテがきれいになっただの、どうでもいいことをだらだら報告されたのを覚えている。一秒でも早く頭から追い出したい情報なのに、脳にこびりついて離れない。

――昔からだ。

ひとつ下の妹である菜々香は昔から、和葉のものならなんでも欲しがった。親は「お姉ちゃんなんだから我慢しなさい」と言うだけだった。

菜々香は四歳のとき、重い細菌性肺炎に罹患《りかん》した。回復が遅く、両親は妹にかかりきりだった。その間、和葉を育てたのは父方の祖母であった。

肺炎が治ったあとも菜々香はしょっちゅう熱を出し、あそこが痛い、ここが腫《は》れたと泣いてばかりいた。そのたび両親は明け方でも夜中でも病院に車を走らせた。和葉の発熱や湿疹《しっしん》には、まったくの無関心だった。

和葉には祖母しかいなかった。そして祖母が買ってくれるチョコレートだけが、幼い彼女の支えだった。

気づけば、和葉の体重は標準をかなり超えていた。

「妹が病気でこんなに痩《や》せちゃったっていうのに、この子はぶくぶく太って」

と母親はあからさまな嫌悪の目を向けてきた。祖母が「健康的でいいじゃない」と取りなすと、

「お義母さんが甘やかすからです。責任とってくださいね」

母は冷たく吐き捨てた。

菜々香は一家のお姫さまだった。

彼女は「デブ菌が伝染るから寄らないで」と姉を嘲笑《あざわら》いながら、和葉がコレクションした綺麗《きれい》な和紙やシールを欲しがり、和葉のおもちゃで遊びたがった。

「お姉ちゃんなんだから、妹に譲るのが当たり前でしょう」

母は冷たく言いはなち、「あんたはまた集めればいいじゃない」と取りあげて妹に与えた。数日後、飽きてぐちゃぐちゃにされたコレクションを、和葉は半べそで眺めるほかなかった。

夏休みの自由研究も、工作も、スケッチブックに描き溜《た》めた絵すら奪われた。

だが菜々香は、姉のおさがり服だけはけっして着なかった。むしろ姉である和葉のほうが、妹の飽きた服を着せられた。二サイズもちいさい服ははち切れそうなほど窮屈で、和葉はクラスメイトのからかいの的となった。

「あんな子、大嫌い。なんで菜々香なんかがわたしの妹なのよう」

幾度となく和葉はそう祖母に泣きついた。

祖母は困り顔で眉《まゆ》をさげながら、

「そんげこと言ったら駄目。和ちゃん、おばあちゃんに約束して。なにがあってもいいお姉ちゃんでいるって。和ちゃんがいい子でいれば、みんなだっていつかわかってくれるからね」

と、小指を差しだしてきた。

泣きながら和葉は、その皺《しわ》ばんだ指に小指をからめた。

――ゆびきりげんまん、嘘ついたら針千本飲ぉましょう。ゆびきった。

指きりのあと、祖母は必ずチョコレートを買ってくれた。涙の塩味と混ざった濃密な甘みは、なにより和葉の心を癒した。

――いいお姉ちゃんでいます。

和葉はそう誓った。妹のためでも両親のためでもなかった。この世でただ一人愛する、祖母のためであった。

祖母は和葉が中学二年の秋、死んだ。老人性の腸閉塞《ちょうへいそく》だった。

和葉は板チョコを一日に六枚食べるようになった。体重がついに七十キロを超えたとき、彼女は決心した。この家を出なければいけない——と。

彼女は志望進路を変えた。家から通える公立高校ではなく、寮つきの高専を第一志望に据えた。

なぜか母は、和葉が家を出ることに難色を示した。しかし同じく高専出身の父が、めずらしく味方してくれた。

和葉は倍率二・一倍のビジネス情報学科に無事合格し、実家を離れた。

物理的な距離ができてはじめて、和葉は「菜々香のいいお姉ちゃん」になれた。

友達もでき、寮母の健康的な食事でみるみる体重が落ちた。

ひっきりなしに菜々香は電話してきて、自慢話と愚痴を交互に垂れ流した。だが、それくらいどうということはなかった。

気づけばチョコレート依存症はおさまり、ボディマス指数は十九まで落ちた。にきびが消え、慢性的な頭痛もなくなった。

「あたしは和ちゃんと違って出来が悪いから」

「どうせ和ちゃんみたいに頭よくないしぃ」

いつしか菜々香の電話には、そんな恨み言が増えた。通話越しに妹をなだめるたび、和葉は胸の底で仄暗《ほのぐら》い喜びを覚えた。

和葉は高専卒業後、大学の商学部へ編入した。三年次のゼミで隆道と出会い、グループ研究を通して親しくなった。

付き合いは順調だった。すくなくとも和葉はそう思っていた。

卒業し、和葉は地方銀行に、隆道は保険会社に就職した。

社会人二年目で婚約の話が出て、隆道の親に紹介された。両親は気さくな人で、和葉はほっとした。しかし自分の両親に彼を会わせるのは勇気がいった。

——いや、親じゃない。菜々香にだ。

わたしのものならなんでも欲しがった菜々香。あの子に彼を会わせて大丈夫なのだろうか。

浮かびあがる懸念を、和葉はしいて打ち消した。

まさか、と思った。

まさか。もう菜々香はいい大人だ。あの頃の妹じゃない。それに彼氏だっている。

母は水商売のフリーターなんてと気を揉《も》んでいるが、仲良くやっているようだ。あの彼氏と隆道じゃ、まったくタイプが違う。

隆道から婚約指輪を贈られたことで、ようやく決心がついた。和葉は両親に連絡し、「会って欲しい人がいるの」と告げた。

——でも、懸念は当たってしまった。

両親と妹に隆道を会わせてから、例の「あたしの代わりに会ってきて」の電話までがわずか二箇月。

和葉が隆道の両親に破談を申し出、すべての話がつくまでに半年。慰謝料その他を決めるのに、さらに三箇月を要した。

ファミレスで会った女を、隆道は「元カノ」と呼び、

「誤解だよ。元カノとはとっくに終わってた。きみの妹とは単なる気の迷いだ」と弁明した。

隆道の父はすべてを聞いて怒り狂い、和葉の眼前で彼を殴った。母は泣きくずれ、手を突いて謝罪しつづけた。

慰謝料は、結婚費用にと作った共同口座の全額を和葉がもらうことで決着した。通帳記入してみると、二十万ほどが三回に分けて引き出されていた。菜々香にバッグを買ってやったのだと聞かされ、もはや涙も出なかった。

和葉はかつてにも増して、チョコレートに耽溺《たんでき》するようになった。給与の三分の一近くをオンラインショップやデパートの地下売り場で散財した。食事もとらず、代わりにチョコレートばかりを胃に詰めこんだ。

半年足らずで、彼女は会社の健康診断にひっかかった。その後の精密検査の結果、

「血糖値の乱高下と、ひどい栄養失調がみられる」

と医者は言った。

和葉は内科医に心療内科を紹介された。さらにカウンセラーから『癒しの会』をすすめられ、そこで波佐野羽美と出会った。

婚約破棄から約一年が経った頃、ひさしぶりに菜々香が電話をかけてきた。隆道と結婚することになった、という連絡であった。

「あんな不誠実な男でいいの」

感情を抑えて訊《き》いた和葉に、あっけらかんと菜々香は答えた。

「だってデキちゃったんだもん、しょうがないじゃん」

両親はさすがにいい顔をしなかったようだ。だが結局は、まだ見ぬ孫かわいさに押し切られてしまった。結婚を了承し、式の費用も全額負担すると申し出たという。

隆道の両親がなんと言ったかは知らない。菜々香の話では「全面的に賛成してくれた」そうだ。どこまでほんとうかはわからない。

和葉は一年ぶりに実家に電話し、

「二度と戻らない」

と両親に宣言した。

そうして羽美のすすめを受け、彼女と賃貸契約を交わして二〇九号室へ入居した。

それが、三箇月前の話であった。

和葉は職場とマンションとを機械的に往復する日々を送った。

融資申請書をチェックし、金融商品の提案書を持って得意先を駆けずりまわり、ノルマにうるさい支店長のお小言を聞き、十一時近くにマンションに戻っては、チョコレートとコーヒーだけの夕飯をとった。

スマートフォンは妹からの着信履歴で埋まった。見るのもいやで、電源を切って放りっぱなしにすることが増えた。

自然と、友達との連絡もおろそかになっていった。

その日、和葉は三つもの紙袋を提げて、自己嫌悪に浸りながら家路を急いでいた。

——ああ、また買っちゃった。

ストレス解消にと、繁華街へ足を向けてしまったのが失敗だった。ゴディバに六花亭、ジャン＝ポール・エヴァン。ウインドウショッピングだけのつもりだったのに、誘惑に勝てなかった。

打ちひしがれながら、エレベータのボタンを押した。

夕食には炭水化物をとらず、ビタミン剤とダイエットサプリを欠かさず飲んでいる。なのに体重はじりじり増えつつある。やっぱり階段にすればよかった、と悔やみながら、和葉は六階から動こうとしないランプを睨《にら》んだ。

視界の隅を、ふとちいさな影がよぎった。

反射的に振りかえる。

少年がいた。
七、八歳だろうか。きれいな顔をしている。ハーフパンツから伸びた足が仔鹿のようだ。同じ年の頃、和葉が憧《あこが》れながらも、けして持ち得なかった肢体であった。

少年はこちらを見ていた。大きな瞳《ひとみ》だ。まともに目が合い、和葉は戸惑った。

——どこの子だろう。

こんな時間にマンション内にいるのだから、住人であることは間違いない。見覚えのない顔だが、向こうは和葉を知っているのかもしれない。そうでなければ、あんなにじっとは見つめてくるまい。

足がひとりでに動いた。少年に歩み寄る。唇をひらく。

「あげるわ」

言うが早いか、和葉は買ったばかりの紙袋を三つとも少年に押しつけた。背後でエレベータの到着音が鳴る。あとも見ず走り、飛び乗った。

呆然《ぼうぜん》としているだろう少年の顔を目に入れぬよう、和葉は顔をそむけて『閉』ボタンを叩《たた》いた。

二日後、帰宅して和葉は驚きに立ちすくんだ。

自室のドアの前に、チョコレートの箱が三つ整然と積まれていた。ゴディバ、六花亭、ジャン＝ポール・エヴァン。間違いない、一昨日《おととい》の夜、あの少年に押しつけたチョコレートだ。

かがみこんで、開けてみる。

どれも空き箱だった。きれいに食べつくされている。

――どうしてわたしの部屋がわかったのかしら。

やはり向こうは和葉を知っているのだ。毎朝エントランスで挨拶《あいさつ》を交わすうちの一人が、あの子の親なのかもしれない。それとも自治会の誰かの子だろうか。

和葉は空き箱を小脇に抱え、すこし考えてから、購入したばかりのリンツのチョコレートをドア前に置いた。

買ったはいいが、食べようか迷っていたチョコだった。なにしろ今週に入って、もう四箱もネット注文してしまっている。これではまた健診にひっかかるかもしれない。

和葉はリンツの箱をそのままに、鍵《かぎ》を開けて部屋へすべりこんだ。

風呂《ふろ》からあがって、「あのチョコ、どうなったかな」とふと気になった。この二〇九号室は内廊下の突きあたりに位置している。住人の通行のさまたげになるとは思えないし、虫が湧く季節は過ぎた。

――でもあんなところに置きっぱなしなんて、やっぱり馬鹿げてるわよね。

三和土《たたき》でサンダルをつっかけ、ドアを細く開ける。外をそっとうかがう。

リンツの箱はなくなっていた。

和葉は静かにドアを閉めた。あの子だ、と思った。

なぜか胃のあたりから、くすくす笑いがのぼってきた。止まらない。冷えたドアを背に、いつまでも和葉は笑いつづけた。

空き箱は、やはり二日後にドア前に置かれていた。

和葉はそれを回収し、冷蔵庫からデメルの箱を持ってきて代わりに置いた。

なんだか猫を餌付けしている気分だ、と思った。でもこの猫は騒がないし、糞害もないし、いくら食べさせたって近隣から苦情が来ることもない。

次はなんのチョコレートをあげようかな、と考えた。

どうせならとびきり美味しくて、きれいなのをあげよう。あの子が食べたことのない、そこらのお店じゃ買えないようなやつがいい。

想像するだけで気分が浮き立ってきた。

同僚たちにも「ご機嫌ですね、いいことあったんですか」と訊かれた。

和葉は含み笑って、あいまいに返答をごまかした。

その夜、和葉はネットの海で数時間迷った挙句、カカオサンパカのフルータスを注文した。木いちごやライムなどのフルーツピューレを練りこんだ、トリュフチョコレートのボンボンだ。

──知らなかった。誰かのためにチョコレートを買うだけでも、充分ストレス解消になるものなんだ。

クレジットカードの情報を打ち込みながら、和葉はモニタに向かって微笑した。

しかしボンボンが彼女のもとへ届く前に、

「あら？　なにこれ」

いつものようにチョコの空き箱を回収した和葉は、中になにか入っている、と気づいた。振ってみる。硬い感触と音がする。

チョコレートの仕切りや緩衝材ではないようだ。怪訝《けげん》に思いながらも、開けてみた。

——USBメモリ。

しかも見覚えのあるブルーのUSBだ。ラベルの端に油性マジックで四葉のマークを描いた、和葉自身の持ち物である。

——確かこれには、転居祝いを録った動画が入ってるはずだけど。

一晩じゅうビデオカメラを回していた友人が、「お祝い代わり」と後日ファイル便でデータを送ってきたのだ。その動画データを保存したUSBがこれだった。マークのかたちといい、間違いない。

なぜこれが、あの少年に渡した箱に入っているのだろう。

不審に思いながらも、和葉はUSBを愛用のノートパソコンに挿しこんだ。再生を選択する。

リヴィングが映った。

いつも和葉がいる、そして今まさにいる部屋だった。

映像の中で、和葉は薄手のラグマットに横座りになっていた。両隣に友人が一人ずつ、ロウテーブルを挟んだ向かいには二人が座っている。もう一人はビデオを構え、最後の一人は――失言のせいで、帰ったあとのようだ。

画面の中心にいるのは和葉である。映像は乱れ、重度のブロックノイズで覆われている。服でかろうじて見分けられるが、顔は完全に消えてしまっている。

――こんなにひどい画質だったかしら。

以前見たときはクリアだったのに、と和葉は首をかしげた。

タッチパッドを撫《な》で、早送りする。

ノイズは変わらなかった。だが音声は明瞭《めいりよう》だ。

『でね、それほどだて続けに怪異が起こった事故物件なのに、当の本人は平気で住んでたらしいの。そのうちLINEにも返事しなくなって、心配になった友達がある日見にいってみたら――……』

ワイングラスを手に、友人が言う。周囲の低い笑いが、さざ波のように響く。

座の中心にいる和葉の顔は、やはりノイズにかき消されて見えない。

『やだもう、嘘っぽい話ばっか』

『え、今のけっこうよかったんじゃない？』

友人の会話。笑い声。彼女たちに気づかれぬよう、チョコレートばかり口に運んでいる和葉。

カメラのフレームが左後方へ動き、壁際のソファが映った。インテリアショップで一目ぼれして買った、寝椅子にもなるゆったりしたソファである。

そこに、四人の男女が座っていた。

和葉は目を見ひらいた。なかば無意識に、タッチパッドへと手を伸ばす。

なんだろうこれは、と思う。あの日この部屋には、和葉と友人たちしかいなかった。

なのに、なんだろう、これは。

彼女と友人たちにはノイズがかかっているのに、ソファの四人の顔はひどく鮮明だ。

動揺で和葉の指が震えた。うまく操作できない。

四人は背すじを伸ばし、まっすぐにカメラを見据えていた。

右端に幼い男児が座っている。その肩を抱くようにして、隣に三十代前後の男がいる。良く似た顔立ちからして親子だろうか。

さらに隣の女は、見知った相手だった。ずっと上階に住んでいるお姑《しゅうとめ》さんだ。年齢不相応に若々しいのでいやでも覚えてしまった。そして左端に座るハイティーンの少年は、確か十五、六階に住む高校生のはずだ。

四人ともまばたきひとつせず、無表情にこちらを凝視している。モニタを突き抜けて、和葉とまともに視線が合う。

なぜだろう、目が離せない。

――離せない。

ようやく和葉の手が動いた。震えながら指先が滑り、動画を停止させる。そのままシャットダウンする。

画面が暗くなった。静寂が、しんと部屋を覆った。

翌日USBメモリの動画を見直すと、四人の男女は消えていた。

なんだ、夢だったんだ、と和葉は胸を撫でおろした。

いい歳をして夢なんかに怯《おび》えてしまった自分が恥ずかしい。誰にもこのことは言わずにおこう、と胸の内で誓った。

予期せぬ客が訪れたのは、数日後の朝であった。

休日の朝寝にふけっていた和葉を、ドアチャイムの連打が起こしたのだ。宅配便かと思いドアスコープを覗《のぞ》いたが、違った。

立っていたのは子供だった。

エレベータの前で会った例の少年ではない。もっと幼い男の子だ。どこかで見た顔ね、といぶかしみながら和葉がドアを開けると、

「あーちゃん、いますか」

男児は舌足らずな口調で尋ねてきた。

「……あーちゃん、って?」

心あたりのない名だった。男児は小首をかしげて、

「んーとね、ほんとは、葵って名前なの。男の子。いない?」

「ええ、うちには子供はいないわ。きっとおうちを間違えてるんじゃないかな」

そう告げて、和葉はドアを閉ざした。

葵って例のチョコの子かな、と思いあたったのは、上がり框《がまち》に片足をかけてからだ。

そういえば訪れた男児のシャツは、点々と茶色っぽい染みで汚れていた。染みから立ちのぼっていた独特な香料は、外国産の洋菓子——いや、リンツのリンドール・ラズベリーだ。

あおい、あおい、と和葉は舌の上で名前を転がした。

あの子に似合った名だ、と思った。きれいに整った顔で、どこか中性的で。

翌日届いたボンボンに、和葉はメッセージカードを添え、ドア前に置いた。

『葵くんへ　チョコレートが好きなのかな？　美味しく食べてね』

自分の名は記さなかった。

二日後、空き箱とともに返信があった。

『おねえちゃんへ　いつもありがとう』

お世辞にも巧い字ではなかったし、ごく短い定型句の礼状だった。

それでも和葉の胸はふわりとあたたかくなった。とくに「おねえちゃん」という呼称が嬉《うれ》しかった。

——菜々香はわたしをお姉ちゃん、なんて呼んでくれたことはない。

妹は機嫌のいいときは和葉を「和ちゃん」と呼び、そうでないときは「あんた」と呼んだ。

母も同様だ。「お姉ちゃんなんだから我慢しなさい」「お姉ちゃんでしょ、譲ってあげなさい」と叱責するときを除いては、つねに「この子」か「あんた」呼ばわりだった。

――ゆびきりげんまん、嘘ついたら針千本飲ぉましょう。

いつだって、いいお姉ちゃんであろうとしてきた。

でも、なれなかった。

祖母が今のわたしを見たなら、幻滅するだろうか。それとも泣くだろうか。

かぶりを振って、和葉はキッチンへ向かった。

コーヒーメイカーに粉をセットし、冷蔵庫を開ける。先週コンビニで衝動買いした、秋季限定のチョコレート菓子が未開封で入っていた。いつもなら迷わず手が伸びるところだ。だがその朝は食指が動かなかった。

和葉はコーヒーだけを飲み、リヴィングのソファに横たわって目を閉じた。つけっぱなしのテレビをBGMに、うとうとと寝入る。

スマートフォンがLINEの着信音を鳴らしたが、すでに意識の外だった。

翌週も翌々週も、和葉はチョコレートを買っては、葵のためにドア前へ置きつづけた。チョコを買う行為自体はまだやめられそうにない。しかし口に入れる量は以前の半分近くに減った。

「血中のヘモグロビンA1cの値が大きく改善していますよ。がんばりましたね」

と、かかりつけの内科医は手ばなしの誉めようだった。和葉は余計な台詞《せりふ》はなにひとつ吐かず、微笑みだけを返した。

「秋山さん、ここんとこずっと機嫌いいじゃない」

と職場のお局にも指摘された。

「どうしたの、彼氏でもできた？」

「そんなんじゃないですよお。ただ、最近体調いいんです。お化粧ののりもいいし」

和葉は笑って答えた。

「食べるものを変えたからかも。やっぱり健康って内側からですよね」

そう言った夜、和葉はひさしぶりに妹からの電話に出た。

菜々香は相変わらずだった。応答して早々、「なんで電話もＬＩＮＥも無視するのよ」となじってくる妹に、

「忙しかったの。この時期は残業が多いのよ、しかたないじゃない。第一その残業代でお母さんたちへの仕送りも、あんたのご祝儀もまかなうんだからね」

と言ってやると、菜々香は渋々ながらも文句をひっこめた。そして数分後には、いつもののろけを垂れ流しはじめた。

「でさ、みっくんたら『赤ちゃんの名づけの本』なんていうの三冊も買ってきたんだよ。信じられる？　今から親馬鹿全開じゃーんって、めっちゃ笑ったわ。しかもさ、姓名判断ていうの？　漢字の画数がどうとかってやつ。三冊とも書いてあること違ってて、も

う超ウケたー……」

その週末は、さらなる珍客があった。

チャイムを鳴らして訪れた男は四〇七号室の住人だと名乗った。和葉はインターフォン越しにのみ応答し、ドアは開けなかった。

モニタに映った男の顔に見覚えがあったせいだ。USBメモリの動画の中で、男児の肩を抱くようにしてソファに座っていた男であった。そして同時に、もうひとつの事実に和葉は気づいた。

――この前来た男の子、動画でこの男に抱かれていた子だわ。

でも、あれは夢のはずだ。

どういうことだろう。そういえば残りの二人も『サンクレール』の住人だった。そしてこの父子もやはり、マンションに住んでいるという。

ならば一、二度はきっと顔を合わせたことがあるはずだ。ユングが言う深層心理云々で、あの四人はわたしの夢に現れたとでもいうのだろうか。

和葉の戸惑いを知らず、男は一方的にまくしたてた。

「これから葵くんを連れて、遊園地に行ってきます。うちの女房がなにか言ってくるかもしれませんが、気にしないでください。べつにあやしい者じゃありませんし、葵くんはちゃんと送り届けますので。金もこっちで出しますからご心配なく」

そこで男は言葉を切り、声をひそめた。

「あ、でももし女房が来たら、おれが金を出したことは内緒にしといてください」

「待って」

和葉は慌てて言った。

「いきなりそんなこと言われても困ります。第一わたし、日中は仕事でいませんし」

どうやら彼は、和葉を葵の保護者と思いこんでいるらしい。

「それじゃあ連絡先を交換しましょう」と男が言い張る。

数分の押し問答ののち、和葉はついに根負けし、プライヴェート用の番号を教えた。

男はスマホの番号を控え、すぐにインターフォンを切った。

和葉は困惑していた。だが追って行って「うちの子じゃありません」と訂正する気にもなれなかった。

――だって、わたしだって保護者といえば保護者なのかもしれない。

身の内から、そんな思いが湧いてきていた。

葵がどの部屋の子なのかは、いまだ不明だ。でも先日来た子供といい、さっきの男といい、どうやら葵はこの二〇九号室を「自宅だ」と周囲に説明しているようだ。

事情はわからない。だが迷惑だとはすこしも思わなかった。むしろ不可解な喜びさえ感じた。

――あの子はきっと、わたしが好きなのだ。

そうでなくてどうして、他人の家をわが家だなんて言うものか。

──本人が来てくれればいいのに。

そう思った。あんな子供や男なんかじゃなく、葵本人が訪ねてくればいい。そうしたら扉越しになんかじゃなく、リヴィングに通してじかにお菓子をふるまってあげられるのに。

その日はそう遠くない気がした。直感だった。

和葉は気分が浮き立つのを感じた。胸が甘く、柔らかくふくらむ。

さっきまで男に感じていた不安と不快感は、なぜか拭《ぬぐ》ったように消えていた。

あの父子と葵の関係は知らない。だが一緒に遊園地に行くくらいだから、きっと近しい間柄ではあるはずだ。そう、きっと──。

(家族のように)

唐突に浮かんだ思考だった。だが、すとんと腑《ふ》に落ちるものがあった。

そうだ、きっとあの父子と葵は家族同然に付き合っている。ならば保護者のわたしとあの男が連絡先を交わすのは、すこしもおかしい話ではない。むしろ当然ではないだろうか。

和葉は鼻歌まじりにソファのクッションを持ちあげた。ベランダへつづくサッシを開け、軽くクッションの埃《ほこり》を払う。

眼下に連なる街路樹が真っ赤に紅葉して、見慣れたはずの景色を一変させていた。

十一月の風が、部屋に吹きこんでカーテンを揺らした。

男が言ったとおり、女房とおぼしき女からは夜半に電話があった。

「ああ、いつも葵がお世話になっているようで」

なぜか、和葉の口からはしれっと挨拶《あいさつ》がすべり出た。台本を読みあげるかのように、抵抗なく出てきた台詞であった。

「こちらこそいつも、うちの息子が遊んでいただいて」

電話口の女はそう型どおりに告げてから、堰《せき》を切ったように文句を並べはじめた。やれ葵が毎日入りびたるだの、休日に早朝から押しかけてくるだの、食費がどうの、光熱費がどうのと、口を挟む間もなく言い立ててきた。

和葉はかちんと来た。

なんなのこの女、と思った。

そんなにいやなら家に入れなければいいではないか。第一他人の子を遊園地にまで連れまわしておいて、あとから文句を言うなんておかど違いもいいところだ。

――それにこの人の声、菜々香に似てる。

鼻にかかったような、甘ったれた声。自分が正しいと信じて疑わない一本調子の声。苛々《いらいら》する。神経に障る。

――こんな女なんかに、葵は任せられない。

とめどなくつづく苦情を、和葉は遮った。

「はいはい、要するにお金ですよね」

女が絶句するのがわかった。

いい気味、と和葉は唇を曲げた。

慌てたように「わたしが言ってるのはそういうことじゃ……」と嚙《か》みつく女に、

「こちらで多めに見積もって精算しますから、それで文句はないでしょう。ではさようなら」

たたみかけて、切った。胸のすく思いだった。

翌日、和葉はためらいなく普通預金口座から二十万円をおろし、四〇七号室のポストに封筒ごと突っこんでおいた。

今後結婚する予定のない和葉は、ドル建ての投資信託や十年満期の年金積立でせっせと貯蓄をしている。残りは実家への仕送りと生活費に費やし、普通預金口座にはほとんど金を残していない。隆道からの慰謝料は全額定期預金にした。買い物はカードですため、ふだん現金は持ちあわせない。

だが二十万円を惜しいとは思わなかった。安い買い物だとすら思えた。

なぜって溜飲《りゅういん》がさがったこの感覚は、なにものにも代えがたい。チョコレートを馬鹿買いしたときと、そっくり同じ満足感と爽快感《そうかいかん》があった。

言い知れぬ充足は数日間つづいた。

例のお局には「秋山さん、やっぱり彼氏できたんでしょ。正直に言いなさいよ」と肘《ひじ》でつつかれた。

菜々香ですらめずらしく姉の様子に気づいたようで、

「和ちゃん、なに浮かれてんの。なんか気味悪いんだけど」

と不満げな声を出した。

「気のせいでしょ。べつになにもないわよ」

ハンズフリーで妹の言葉を聞き流しながら、和葉はノートパソコンのタッチパッドを撫《な》でた。

モニタにはピエール・エルメ・パリの新作が映しだされている。

美しかった。あの子のためにあるようなチョコレートだ、と思った。

「おはようございます、秋山さん」

涼しい声に、和葉は顔をあげた。

エントランスに波佐野羽美が立っていた。

この人はいつ会っても爽《さわ》やかだ。離婚歴があるらしいけれど、暗い影や憂いなんてどこにも見あたらない。富裕な生まれで、生活の苦労を知らないからだろうか。

——こっちは通勤前の憂鬱《ゆううつ》を噛みしめてるっていうのに。朝っぱらから晴れやかな顔しちゃってさ。

優雅なお暮らしの人はいいわね、と内心で舌打ちした。このところ和葉はめっきり短気になった。自覚はあるが、止められなかった。

「おはようございます。めっきり寒くなってきましたね」

こみあげる不快感を押し殺し、お決まりの挨拶を返す。

羽美が「ほんとうに」とうなずいて、

「秋山さん、おきれいになりましたね。なんだかスリムになったみたい」と言った。

そりゃそうでしょうよ、と和葉は思う。

チョコレートの摂取量は以前の三分の一にまで減った。朝食は抜きで、昼はコンビニで適当にまかなった。チョコとコーヒーだった夕飯は、コーヒーだけとなった。スーツのスカートはウエストが余って、いまや安全ピンで留めている。

「お忙しいでしょうけど、また『会』にもいらしてくださいね。みなさん、秋山さんを待っていますから」

「ええ、でも最近、残業つづきでして」

和葉はやんわりと断った。すこしだけ気が咎《とが》め、「時間ができたらうかがいます」と申し訳程度に付けくわえる。

羽美が微笑んだ。

「ぜひいらしてください。約束ですよ」

和葉はあいまいに笑み、会釈をしてその場を離れた。

約束ね、約束。口の中でつぶやく。ふん。指きりするような親しい間柄でもないのに、馬鹿馬鹿しい。

職場に着いてすぐ、スマートフォンの着信ランプが光っていると気づいた。

LINEではなくメールだ。菜々香からだった。

メールには胎児のエコー写真と、お色直しのドレスを試着している菜々香の画像が添付されていた。ドレスをまとった腹が醜くせり出している。

和葉は目を閉じた。

ゆっくりと十数え、まぶたをあげる。

唇をひき結んで、彼女は画像ごとメールを削除した。

デスクに座り、後輩が作成した提案書のチェックをはじめる。だがまるで頭に入ってこない。

白い紙の上で、文字が虫のようにうようよと這《は》いはじめる。めまいがする。頭が痛い。

「――秋山くん、聞いているのか」

主任の叱責が降ってくる。

聞いてます、と口先で答えた。

ううん、聞いちゃいない。だってどうせいつもの繰り言だ。ノルマがなんたら、円安が市場に与える影響がどうたら、ダウの動向がこうたら。仕事より組合の活動のほうが好きなくせして、しらじらしいったらない。

「きみは最近おかしいぞ。化粧もろくにしないで、なんだその格好は。身だしなみは社会人として基本中の基本だぞ。そんななりでお得意先をまわるなんて恥ずかしくないのか。わかったら、髪をちゃんと梳《と》かしてまとめてきなさい。せめて口紅くらい――」

「いいんです、もう」

和葉は無造作に遮った。

主任がつづく言葉を呑《の》む。目をまるくしている。

「わたしもう、そういうのいいんです。着飾って男に媚《こ》びを売るとか、必要ないんです。だって一生結婚しないつもりだし、子供もいらないし、お化粧なんかしたって誰も見てませんもの。――そういうの、全部どうでもいいんです」

和葉は立ちあがった。

唖然《あぜん》とする主任を無視してロッカールームへ向かう。トートバッグを肩にかけ、制服を着替えもせず職場をあとにする。

脇目もふらず、彼女はまっすぐに帰宅した。

開錠し、部屋に入った瞬間ほっとした。

――ああ、やっぱりわが家はいい。

平和で、あたたかくて、どこより安穏としている。わたしが唯一くつろげる場所だ。実家ですら得られなかった、心からの安心がここにある。

業務用の携帯電話がうるさく光っていた。

和葉は電源を落とし、無視をつづけた。

いつものように空き箱を回収しようと、和葉はドアを開けた。

途端、物陰から現れたシルエットにぎょっとする。

一瞬ののち、ガスメーターの検針員だとわかった。IDつきの名札を左胸に留め、検針器を手にしている。パートタイマーだろうか、ふくよかな体形をした初老の女性だ。

「あら、こちらのお部屋のかたですか？」

恵比須顔《えびすがお》で、にこやかに女は言った。

和葉は「ええ」と反射的にうなずいた。女が言う。

「あなた、よくこんなところに住んでられるわねえ。信じられない」

和葉は驚き、思わず女の顔を見返した。

だが女の笑顔にはひとすじの乱れもない。文字どおり、満面の笑みだ。

女が去ってしまってから、ようやく「失礼な」と和葉は眉《まゆ》をひそめた。

信じられないのはこっちのほうよ。なんなの、あの言い草。こんなにいい部屋なのに、こんなに素敵で、居心地がいいっていうのに——。

そう思いながらも、頭の片隅で彼女は理解していた。

脳のひどく冷めた一点が、あの女は正しい、とささやく。微弱ながら警鐘を鳴らして訴えかけてくる。

——でもわたしは、この部屋から離れられない。

だって、やっとめぐり会った〝わが家〟だ。

生家はわたしのための家じゃなかった。あそこは両親と菜々香の家だった。

祖母とわたしは居候も同然だった。祖母がそばにいてくれてさえ、心からくつろげた例しがなかった。

高専と大学では寮だった。就職してからは、しばらく社宅に住んだ。周囲につねに他人の気配があった。菜々香と住むよりはましだったけれど、どこもこれほどに安らげる場所ではなかった。

——この部屋を、終《つい》の棲家《すみか》にしたい。

和葉はソファに横たわり、クッションをきつく抱いた。

ここは安全だ。わたしの聖域だ。

この部屋にいると、いやな過去さえ忘れてしまう。菜々香のことも、隆道のことも、急激に色褪《いろあ》せつつある。まるで何年も前に起こった出来事のようだ。あんなに怒り、悲しんだことさえ、ひどく遠い。

家族が欲しい。和葉はそう強く望むようになっていた。

かつて実家に寄り集まっていた、あの心通わない人たちなんかではなく、信頼し合える本物の家族が欲しい。

彼女が思い浮かべる家族像の中心には、なぜかいつも葵がいた。

わたしはあの子の保護者だ。あの子はわたしの家族だ。ならば、あの子の家族はわたしにとっても家族ではないか？

夢で見た、動画の四人を思いだす。家族。わが家。なんていい響きだろう。

――だからほかのことは、どうだっていい。

主任に「一生結婚するつもりはない。全部どうでもいい」と言いきったあの日以来、同僚たちは和葉に対し、腫《は》れ物に触るような態度をとるようになった。仲が良かったはずの同期の子すら、遠巻きに眺めるだけだった。あれほど馴《な》れ馴れしかったお局も、いまや挨拶《あいさつ》以外話しかけてはこない。

和葉の体重はさらに減った。

朝夜は食べず、昼食はカップラーメンか菓子パンで済ませた。食費に使う無駄金があったら、チョコレートを買いたかった。あの子のためのチョコだ。自身の口に入れることは滅多になくなっていた。

入浴は三日に一回程度になった。顔も洗わず、歯もみがかず出勤した。

気づけば和葉が任される仕事は、書類整理ばかりになっていた。外まわりは禁じられ、デスクから外線電話が撤去された。

でも、そんなのは些細《ささい》なことだ。たいした問題じゃない。

大事なのは己の暮らしだ。仕事にかまけてライフスタイルを犠牲にするなんて、今までのわたしはなんて愚かだったんだろう。

スマートフォンが鳴った。

和葉は頭をもたげ、ロウテーブルに手を伸ばした。相手も確認せず、耳にあてる。

「もしもし」

「ああ、和葉？　わたしよ」

年配の女の声だった。

誰だっけ、と和葉は思った。どこかで聞いたことがあるような。でも、思いだせない。

「和葉？　どうしたの、お母さんよ」

「はあ」和葉は生返事をした。

そうか、この人、わたしの母親か。しばらく声を聞いていないので忘れてしまった。記憶に紗《しゃ》がかかって、母の顔すらうまく浮かんでこない。

「……ねえ、あんた、ほんとに式に出ないつもりなの」

母が声をひそめて言う。和葉は壁のカレンダーに視線を走らせた。

そういえば菜々香の挙式は、来週の金曜だった。〝クリスマスイヴ婚〟だなんて、ほんとうにあの子は馬鹿だ。招待客だってイヴは恋人や家族と過ごしたいんだという事実が、頭からすっぽり抜けてしまっている。まったくどこまで自己中な子なんだろう。

「出ないわよ」和葉は答えた。

「わたしがいたら、向こうのご両親だって気まずいでしょう。式でも披露宴でも好きにやればいいじゃない。ただしわたしを巻きこまないで」

「あんたって子は、ほんとに……」

母が長いため息をついた。

「ねえ、こんなのやめましょうよ。家族で争いあうなんて悲しいわ。全部水に流して、もとのわたしたちに戻るのよ、ね？　この世に二人きりの姉妹じゃない。あんた、菜々香のお姉ちゃんでしょう」

――お姉ちゃんなんだから我慢しなさい。

――お姉ちゃんなら、妹に譲るのが当たり前でしょう。

くっ、と和葉は笑いに喉《のど》を揺らした。

この人も馬鹿だ。いつまで経っても変わらない。菜々香といいこの人といい、なんて愚かで滑稽《こっけい》なんだろう。なにもわかっちゃいない。

くすくす笑いながら、彼女は送話器に向かって言った。

「それはもうたくさん、って言ったらどうする？……針千本飲ませる？」

「え？」

「なんでもない。じゃあね」

通話を切り、和葉はソファに顔を伏せた。笑いは、しばらくおさまらなかった。

街に緑と赤と金が溢《あふ》れ、コンビニの店員がサンタクロースの帽子をかぶって仕事する中、和葉は現金書留で実家に御祝儀を送った。祝儀袋には「金五拾萬圓也・手切れ金」と記入した。

携帯電話に山ほど着信履歴が残されたが、無視した。一時的にしろ、普通預金の残高は四桁《けた》にまで減った。

和葉は職場の忘年会にも慰労会にも呼ばれなかった。

どうでもよかった。早く家に帰れるのだから、むしろ願ったりかなったりだった。

もうチョコレートが食べたいとは思わなかった。でも、欲しかった。ネット通販で購入しては、ドアの前へ置きつづけた。

正月休みの間、和葉は部屋に閉じこもった。

なにやら四階が騒がしかった。事故があったらしいが、野次馬をする気も起きなかった。

菜々香からは、隆道と連名の年賀状が届いた。大きな腹を突きだしたマタニティウエディングドレス姿と、八箇月の胎児のエコー写真がプリントされていた。とんだグロ画像だわ、と和葉はまた笑った。

いよいよ産まれるという段になって、菜々香は電話をしてきた。

「みっくんがさあ、出産に立ち会いたいって言って聞かなくって。もしものことがあったらおれがその場にいなくちゃって、もう必死なの。あたしは正直、見られたくないんだけどね。だって髪振り乱して、汗どろどろで、すごい格好になるっていうじゃん。でもみっくんは、『おれの子供を産むためだろ。がんばってくれてる菜々香を見て、嫌いになんかなるわけないよ』って……」

ぷっと和葉は噴き出した。

「なによ、なにがおかしいの」菜々香が気色ばむ。

「ごめん、ただ……」

「ただ、なによ」

「あんた、わたしのおさがり服は絶対に着なかったじゃない。服はいやがったのに、男のお古はいいんだ、って思ったらおかしくって……」

菜々香が息を吞《の》むのがわかった。

数秒後、電話は切れた。

長い冬が終わり、梅の花が香りはじめた頃、また来客があった。

「……あの、二十二階の石井です。うちの義母が、そちらに子供を預けたとお聞きして」

「ああ」和葉は鼻を鳴らした。

「そのことならお姑《しゅうとめ》さんと話はついてますから、ご心配なく」

嘘だった。話などしていない。

だがドアの向こうにいる女の「義母」が誰なのかはわかっていた。あの、やけに若い可憐《かれん》な姑だ。夢の動画に映りこんでいた四人のうちの一人であった。

——あの子の家族だ。だから、わたしにとっても家族だ。

彼女をかばわなくてはいけない。心の奥の深い部分がそう告げていた。そのためにも、この女を追いかえさなくてはいけない。

「ご心配なくって、あの——」

「それじゃ」

インターフォンを切り、和葉はリヴィングへ戻った。

ラグマットの上へ横たわり、体をまるめる。

眠い。このところ、やたらに眠い。

今日は何曜日だっけ、と目を閉じながらうっすら思った。平日だったかもしれない。夜か昼かもよくわからない。

出勤しなければいけなかっただろうか？　でも一日くらい、どうってことない。どうせわたしに任される仕事なんて、最近は雑用ばかりだ。みんな挨拶どころか、目を合わせようともしなくなった。

和葉は両腕で己の体を抱いた。

子宮の中にいるみたいだ、と思った。

やがて閉ざされたカーテンの向こうで桜が散り、緑の葉が萌《も》え、陽射しが強さを増した。空は青く澄み、蝉がうるさく鳴きはじめた。

二〇九号室は二十四時間エアコンが効いていた。快適だった。だが、この季節にもやはり平穏を乱す訪問者があった。

「葵くん？　あの、十六階の、島崎のおばさんだけど」

和葉は応答せず、無言を通した。

だっていまやわたしは、こいつを知っている。動画に映っていた、ハイティーンの少年の〝継母〟だ。

継母なんかいらない。家族じゃない。ならば、わたしには必要ない。

「元気かと思って来てみたの。もしかして、頭でも打った？　あとで具合が悪くなったの？　それともおばさんのこと、怒ってる？」

女が早口になる。夏祭りがどうのと、わけのわからない言葉を吐き散らす。

「葵く……」

女があの子の名を呼びかける。

瞬間、和葉の胸を激しい憎悪が突きあげた。

――この女、妊娠してる。

なぜか彼女はそれを悟った。

憶測ではない。ガラスの向こうを透かし見るように、はっきりと理解できた。

――こいつ、腹に赤ん坊がいる。

汚らしい孕《はら》み女だ。菜々香と同じだ。

こんな女に、わたしの家のまわりにいてほしくない。あの子の名を呼んでほしくない。

和葉の敵意を感じとったのか、女は逃げるように去っていった。

二度と来るな、と和葉は顔を歪《ゆが》めた。よその子なんかいらない。「家族」でない子供を孕んだ女なんか、この部屋には絶対に立ち入らせやしない。

和葉はリヴィングに、寝室に、キッチンに、人の気配を感じるようになっていた。姿は見えないが、確かにいる。ときには息づかいすら感じとれる。

不快ではなかった。恐ろしくもなかった。

だって、みんな「うちの人」だ。家族の気配だ。血がつながっているはずの両親や菜々香より、今やいとおしく近しい存在だった。

家はますます居心地がよく、安らかで、静謐《せいひつ》だった。


和葉は一歩も外へ出なくなった。

出社はずいぶん前にやめた。同僚が何度か訪ねてきたが、無視を貫いた。

会社支給の業務用携帯電話は、数週間ぶりに電源を入れると使えなくなっていた。どうやら向こうで解約したらしい。和葉は電話をごみ箱へ放り、じきに忘れた。

財布の中には一円玉と十円玉が数枚入っているきりだ。問題はなかった。どうせ買い物はすべてネット通販で、カード決済だ。

銀行の残高がいくらあるのか、確認しなければと思う。だが、いつも考えたそばから忘れてしまった。

「あ、ショコラティエ・ミキの新作が出てる……買わなきゃ」

和葉はノートパソコンに見入り、チョコレートを二箱と、自分のための食パンとインスタントコーヒーを買った。

口に入れるのは、砂糖をかけたトーストとコーヒーだけになっていた。ジャムやマーガリンは高価すぎた。ミルクも粉末スープも同様だ。一箱五千円のチョコレートは買えても、百円以下のカップラーメンに手が出なかった。

紅葉の時季が訪れた。

波佐野羽美は、一日に何度も二〇九号室のチャイムを鳴らすようになった。

和葉は居留守をつづけてやり過ごした。

家賃が引き落としできなくなったのかもしれない。そう思ったが、やはり確認するのも面倒で、そのうち忘れた。

定期預金や個人年金を解約しようとは、頭の片隅にも浮かばなかった。なぜってなにも問題はない。部屋はあたたかで、体調だってすこぶるいい。仕事を辞め、ストレスからも解放された。

人生において、これほど幸福だったことがかつてあっただろうか。定期を解約するだなんて非常事態には、はるかに遠い。

「宅配便でーす。判子お願いします」

訪れた配達員から、箱を受けとる。

てっきりデパートからだと思ったのに、差出人の名は菜々香だった。伝票に記載された品名は『チョコレート』だ。

開けてみる。ピエール・マルコリーニの十一個入りセレクションだった。

和葉は眉根《まゆね》を寄せた。

——依存症だと、知っていたのね。

隆道と別れた直後、そして菜々香の電話を受けつづけていた頃、彼女は依存症から抜けだそうと必死だった。あがきながらも、やめられずに苦しんでいた。きっと菜々香はあの頃からすべて知っていたのだ。

——でももう、昔のわたしじゃないわ。

和葉は鼻で笑った。

菜々香の手を経たチョコレートなんて、触れたくもない。あの子にあげるのは、もちろん論外だ。

和葉は箱を逆さにし、中身を生ごみ入れにぶちまけた。

かびの生えた食パンや丸めたティッシュにまみれたチョコレートを、スマートフォンのカメラで撮影する。何箇月ぶりかに菜々香のメールアドレスを呼びだし、

「わざわざお金使ってこんな真似するなんて、あんた幸せじゃないみたいね？　惨め

ね」

画像を添付して、そうメールした。

返事はなかった。二日待ったが、菜々香からはＬＩＮＥもメールも電話もなかった。

和葉は逆に、こちらからかけてみることにした。

菜々香は電話口に出なかった。愉快だった。

和葉は留守電に何度もメッセージを吹きこんだ。

「どう？　わたしのお古の具合は」

「使い古しの歯ブラシを股《また》に突っこんだようなもんよね」

「わたしへのつまらないあてつけのために、たいして好きでもない男と、欲しくもなかった子供にこれからの人生を浪費するのね。ご愁傷様」

何度目かの電話に、菜々香は応答した。怒り狂っていた。

「なによ、格下のくせに！　あんたなんて、あたしにいじめられてババアにぴいぴい泣きつくのがお似合いだったのに！　ちょっといい学校行ったからって、調子のりやがって、むかつくんだよ！」

背後で、赤ん坊が泣きわめく声がした。和葉は笑った。

「あんた、産後ずいぶん体形が崩れちゃったんだってね。妊娠線もすごいんだって？　太腿《ふともも》もお腹も、肉割れだらけでしょう」

当てずっぽうだった。およそ我慢を知らない妹に、妊娠中の節制などできなかっただろうと推察しただけだ。

案の定、図星だったらしい。妹は猛り、金切り声で言葉にもならない罵言《ばげん》をわめき散らした。

「みっともない体になっちゃって。——今ごろ彼、浮気してるわよ」

電話を切ってすぐ、和葉は隆道にLINEを送った。婚約破棄以後、彼女から取るはじめてのコンタクトであった。

「ひさしぶり。最近いろいろあって、寂しいの。慰めてくれない？　二人で通ったあのお店、まだあるのかなあ？」

二分と待たず返事があった。

「長いこと連絡しなくてごめん」「きみのこと、忘れたわけじゃなかった」「忘れるどころか、毎日思いだしてたよ」「ちょうど昨日、きみを夢でみたんだ」

液晶に、メッセージが見る間に並んでいく。

「きみがまだ好きだ、会いたい」

「和葉と結婚しておけばよかったって、何度思ったか」

「ずっと後悔してたんだ、あんなふうに終わったこと」

「いや違う。終わってなんかいないよね。またここからはじめよう。おれたちなら、きっとできるさ」

和葉は画面のスクリーンショットを撮り、菜々香のアドレスに送った。無事送信されたのを確認し、妹と隆道をようやく着信拒否設定にした。

その日以降、和葉のスマートフォンが鳴ることはなかった。

部屋は平穏な静寂に包まれた。

彼女はリヴィングの床で眠るようになった。寝室まで行くのが億劫《おっくう》だった。立ちあがって数メートル歩くだけで、疲労して息が切れた。

胃は固形物を受けつけなくなっていた。コーヒーも、飲むと吐いてしまった。和葉は水とわずかな牛乳だけを飲んで過ごした。

——もう、式は終わっただろうか。

天井の模様を眺め、和葉は思った。

赤ん坊は生まれたんだっけ？　そう考えたそばから、式？　赤ん坊？　誰の？　と疑問が思考を塗りつぶしていく。

——誰のだろう。思いだせない。

カーテンの向こうで、木枯らしが啼いていた。

＊

床に横たわったまま、和葉はノートパソコンのタッチパッドに指で触れた。

モニタでは、転居祝いの動画が再生されていた。

電気はとうに止められたというのに、充電も切れたはずなのに、このノートパソコンだけはなぜか動いた。

電話もガスも止まった。水道はかろうじてまだ出た。でもじきに止まるだろう、と和葉は口の中でつぶやいた。

怖くはなかった。

だって、わが家にいるからだ。家はどこよりも安全だ。安らげる自宅にいるというのに、いったいなんの怖いことがあるだろう。

動画の音声は消しているはずだった。なのに、どこかで誰かがしゃべっている。蜂の羽音めいて、耳障りに響く。

『……でね、それほどたて続けに怪異が起こった事故物件なのに、当の本人は平気で住んでたらしいの。そのうちLINEにも返事しなくなって、心配になった友達がある日見にいってみたら――……』

ソファに並ぶ四人の姿が、モニタに映しだされている。

和葉は微笑んだ。

――ああ、みんないる。

みんな、わたしの家族だ。真の家族は血のつながりになど左右されやしない。わたしたちは自分の手で大切なものを選びとれるのだ。その権利と資格があると、あの子が教えてくれた。

チャイムが鳴った。

また羽美か、と和葉はかすかに舌打ちした。

しつこいわね。ほうっておいて。今のわたしには癒しの会なんか必要ないの。

怒鳴りかえしたかったが、声が出なかった。

『……友達は気味が悪くなって、仲間を呼んで数人がかりで部屋から引きずり出したんだけど、でもそのときには、もう手遅れで――……』

ああうるさい。うるさい。黙ってよ。

とうにインターフォンの電源は入らない。チャイムは電池で動いているんだろうか。

和葉はいぶかしんだ。でも電池を抜くなんて面倒だ。配線を切ってしまおう。鋏《はさみ》はどこに置いたかしら、探さなきゃ。

立ちあがりたかった。なのに脚のどこにも力が入らなかった。

唯一動かせるのは首だった。和葉は緩慢に首を曲げた。

そこに、葵がいた。

和葉は目を見張り、やがて微笑んだ。

来てくれたのね、と思った。いつかこの日が来ると思っていた。やっとだ。待ち焦がれていた邂逅《かいこう》が、今目の前にあった。

お姉ちゃん、と葵の唇が動いた。

乾いたはずの和葉の眼球から、涙がひとすじ流れ落ちた。

――ゆびきりげんまん、嘘ついたら針千本飲ぉましょう。ゆびきった。

ずっと、いい姉であろうとして生きてきた。かけがえのない、たった一人の家族である祖母との約束を守りたかった。

でも、あの妹のためでなくてもいいではないか。

確かに祖母には「いいお姉ちゃんになる」と約束した。でも「誰の」とは言っていない。

姉として守るべき対象が、菜々香でなくともべつにいいではないか。

『……引きずり出したんだけど、でもそのときには、もう手遅れで――……』

和葉の眼前にしゃがみこみ、小指をそっと差しだしてくる。

葵が近づいてくる。

「お姉ちゃん」

和葉は幸福感で胸が満たされるのを感じた。視界が潤み、いとしい弟の顔がぼやける。

――ゆびきり、げんまん。

細い指に小指をからめ、和葉は目を閉じた。

第五話

209号室のアオイ

「秋山さん、秋山さーん。いらっしゃいませんか？」

インターフォン越しに、羽美はかれこれ五分近くも秋山和葉の名を呼びつづけていた。

「わたし、波佐野です。秋山さん、もしいらしたら……」

応答はなかった。石のように冷えきった沈黙があるのみだ。

——ああ、今日も駄目か。

羽美は肩を落とし、二〇九号室の扉から一歩退いた。

このマンション『サンクレール』の共有廊下はホテルライクな内廊下設計である。むろん空調も完璧《かんぺき》だが、真横の窓から望める冬景色に、羽美は思わずぶるっと身を震わせた。

ここ数日で気温は一気に下がった。気象台によれば週間の平均気温は例年より五度も下回ったのだそうで、このぶんでは年間降雪量も多いだろうと予想されていた。

窓ガラスの向こうでは、雪つぶてが斜めに吹きすさんでいる。すっかり裸になった街路樹が、寒波に身を縮めるようにして凍えていた。今夜は氷点下まで冷え込みそうだ。

——この冬は、あんな〝事故〟が起こらなければいいけれど。

羽美は眉根《まゆね》を寄せた。

年明けそうそうに起こった不幸な事件は、まだ住民の記憶に新しい。四階の主婦が「施錠」の動作を覚えたばかりの幼い息子によってベランダに閉めだされ、夫の留守中に凍死するという痛ましい一件であった。ちょうど両隣も上下も帰省中で、彼女の悲鳴を聞く者は誰もいなかったという。想像するだにつらい事故だった。あんなことは二度と、誰の身にも起こって欲しくない。

——とくに、秋山さんには。

和葉と連絡がとれなくなったのは、何箇月も前のことだ。

まず、朝エントランスやエレベータで顔を合わせなくなった。共有施設はもちろん、ごみ集積場でもだ。

次いで『癒しの会』への出席も途絶えた。心配した羽美が何度チャイムを鳴らしても、彼女が応えてくれることはなかった。

そうして秋が過ぎ、冬になり、馴染《なじ》みのガソリンスタンドの配達員に、

「そういや二階のお客さんって引っ越されたんですか？　ずいぶん寒くなってきたのに、今年は灯油のご注文がないようで……」

と声をかけられて羽美は愕然《がくぜん》とした。このマンションは全室エアコンと床暖房が完備である。とはいえ雪国の冬には、やはり灯油が欠かせない。備えつけの設備だけで越冬する住民はほぼいないと言っていい。

以後、羽美は前にも増して足しげくこの部屋を訪れるようになった。

しつこいほどチャイムを鳴らし、多いときは日に三、四度インターフォンから呼びかけた。

だが和葉の応答はやはりなかった。

心臓麻痺《まひ》でも起こしたのでは、と気が気でなかったが、ドア越しながら人の気配はかすかに感じた。管理会社に「マスターキイで開けてもらえないか」と連絡しようかと何度も悩んだ。しかし、

――大ごとにはしたくない。

という羽美の思いが、通報を躊躇《ちゅうちょ》させた。

へたに騒ぎたてたところで、和葉が住みにくくなるだけだ。彼女を追いつめ、出て行かせるような真似はしたくなかった。

なぜってこの二〇九号室は、羽美が所有する物件だからだ。

そして羽美自身が和葉に紹介し、入居させた部屋でもあった。

はじめて『癒しの会』で和葉を見たとき、ああこの人なら大丈夫だ、と思った。この人ならあの部屋に住まわせてもいい。信頼できる人だ、と。同時にこの人の助けになりたいとも感じた。

誰かの世話役、つまり親役をすることで内なる「幼い頃の自分」を癒す――。それが自助グループ『癒しの会』が目指す、相互扶助による精神的外傷治癒法であった。

はじめて和葉に二〇九号室へ招待された日のことは、今も覚えている。

「素敵なカーテン。ラグマットや小物の色味を統一したんですね。インテリアで、こんなに印象が変わるものなのね」

と声をあげた羽美に、和葉は恥ずかしげに応えたものだ。

「やっと最近いろいろ揃ってきたんです。波佐野さんにはいい格好したかったから、つい最低限の見栄えが整うまで待ってもらっちゃった。そのせいで、ご招待するのが遅くなってすみません」

「いえそんな。こっちとしては不満なく住んでいただければそれでいいんです。なにか問題はありませんでした？　長く空き家にしていた物件だから、じつはすこし不安で」

「問題なんてありませんよ。最高のお部屋です」

羽美の問いにそう和葉は微笑んでから、

「――いえ、わたしのお城です」と訂正した。

その声音に、お世辞の含みは感じられなかった。

和葉が淹れてくれたコーヒーは濃く、紅茶党の羽美にはすこし苦すぎた。

だが「ご一緒にどうぞ」と差しだされたチョコレートと合わせると、驚くほど豊かな味に変わった。嚙《か》むとフルーツや生姜《しょうが》風味のガナッシュが滲《し》みだす、ボンボンタイプのトリュフチョコレートであった。

「じつはわたし、チョコ道楽なんです。ううん、もっとはっきり言っちゃうと中毒かも。

子供の頃からこれだけは目がないんですよね。波佐野さんも甘いもの、お好きですか？」

「ええ、大好き」

羽美は微笑で答えた。

同時に鼓膜の奥で、亡き母の声がする。

——今日はどれにする？　こっちのタルト？　それとも苺《いちご》のがいい？

——好きなのを取っていいのよ。全部が羽美ちゃんのものよ。

とろけるように甘ったるい母の声。その声音が瞬時にがらりと変わる。険しく、鋭く尖《とが》り、言葉の鞭《むち》となって降りそそぐ。

——ああもう、どうしてママの言うことがきけないの！

——何度言ったらわかるの。あんたはあたしの言うことだけ聞いてりゃいいのよ。

——なぜもなにもない。駄目だから駄目なの！

「ほんと、美味《おい》しい」

脳裏に貼りつく記憶を払い落とすように、羽美は重ねて言った。

「ほら、わたしって今ニートでしょう。刺激のない生活を送ってるから、美味しいお店とかほんと疎くなっちゃって。最近なんてお菓子どころか食事も面倒で、お茶漬けとか冷凍パスタだけなんていうのがざらなの」

「わかります。自分だけのために、いちいち食事の支度なんてしてられませんよね」

と和葉は笑って、

「でも波佐野さんはニートじゃありませんって。強いて言うなら高等遊民？　おかげでわたしも遠慮なくおこぼれをいただいて、こんな高級マンションに住まわせてもらってますし」

「おこぼれだなんて」

羽美は苦笑を返した。

この物件の先代オーナーであった父が事故死したのは、今から二年前。母の茜《あかね》が亡くなって五年後の秋であった。高速道路上の玉突き事故に巻きこまれたのである。

生前の父は医師だった。しかし医術より算術に長けていた。

県内で三本の指に入る規模の『波佐野産科医院』の婿養子となった父は、直接の診療を勤務医に任せ、不動産や株の投資にばかり没頭するようになった。

バブルを崩壊寸前でうまく切り抜けたあとは堅実なインデックス投資メインに切り替え、着々と個人資産を増やしていった。

――その精力的な父が、まさか六十代で事故死するなんて。

遺言書はなかった。自動的に一人娘の羽美が、個人名義の銀行預金全額と、このマンション『サンクレール』ほか七件の不動産諸々を相続することとなった。

父の所有する不動産のうち、住居物件は自宅とサンクレールのみであった。どの部屋も空いており、とくに二〇九号室は一度も入居させた履歴がなかった。父本人が老後に独居する予定だったのだろう、と羽美は推測していた。

「──あ、そうそう。波佐野さん、夜にわたしの足音響きません？」

チョコレートを口に運びながら、ふいに和葉が言った。

「わたし、残業で夜遅く帰ってくることが多いから。もしかしてご迷惑をかけてるんじゃないかって気にしてたんです」

「いいえ、ぜんぜん」

羽美はかぶりを振った。

彼女はこの二〇九号室の真下にあたる一〇九号室に住んでいる。ちなみに越してきたのは、和葉が入居する半年ほど前だった。

「ここに越してきてから、騒音で困ったことは一度もないわ。二重天井で二重床だから、遮音性だって高いはずよ。──そういえば、以前住んでた賃貸マンションは直床でね、子供の足音がけっこう響いて」

「へえ、波佐野さんみたいなセレブでも賃貸に住むんですね」

ただの合いの手のつもりだろう、和葉が邪気なく言う。

羽美は肯定するかどうか迷い、咄嗟《とっさ》に微笑でごまかした。「以前住んでた賃貸」だなんて、つい余計なことを言ってしまった。

空気を察したらしく、和葉が気まずそうに口ごもる。

「あ……、すみません」

「いえ、わたしこそごめんなさい」

謝罪を和葉に返してから、

「でもわたしが離婚したことなんて、とっくに秋山さんは知ってますもんね。いまさら取りつくろっても仕方ないわ。そうなのよ、前は夫の選んだマンションだったの」

羽美は冗談めかして肩をすくめた。

「家なんて住めればいいってタイプの無頓着《むとんちゃく》な人だったから、こまかい感覚が合わなくて困ったわ。やっぱり親の決めたお見合いは駄目ね。とくに男親は『仕事ができる婿かどうか』しか気にしないんだもの」

「ああ、それはわかります」

和葉が首を縦にする。

「うちの親もそうですよ。よく言えば安定志向、悪く言えば人の気持ちは二の次、ってとこがあって――まあ、済んだ話ですけど」

「そうね」

羽美はうなずいた。

「……済んだ話よね」

顔を見合わせ、しんみりと二人は笑った。

同病相憐《どうびょうあいあわ》れむ、と言ってしまっては言葉が悪いかもしれない。だがかつて心に傷を負った者同士にのみ通じる、静かな笑みであった。

「あら、合歓《ねむ》の木が咲いてる」

羽美が窓の外に目を向け、言った。

「ほんとだ。きれいですね」

「ええ」羽美はうなずいた。

この合歓の木は、西南向きの窓から見える街路樹だ。糸状の雄しべを伸ばして枝先で咲く花が、薄紅を帯びた刷毛《はけ》のようで美しい。暖かい地方では夏のさかりに、北のほうでは晩夏にかけて咲く花であった。

なぜだろう、なにか思い出しそう――。

羽美は眉《まゆ》をひそめた。

あの花から目がそらせない。

でも、どうして？　羽美は自問自答した。と同時に、また耳の奥で母の声がする。

――やめなさい。羽美ちゃんは余計なことを考えなくていいの。

――どうしてそう理屈っぽいのよ。

――あんたは黙ってなさい。パパとママが、全部いいようにしてあげるんだから。

「波佐野さん」

和葉の声に、羽美ははっと振りかえった。

慌てて唇に微笑を刻み、彼女を見やる。

「やだ、すこしぼうっとしちゃった。ごめんなさい、寝不足かしらね」

「ああ、まだ暑くて寝苦しいですもんね」

和葉はとくに気にした様子もなく答え、サイフォンを片手に身を乗りだした。

「コーヒーのおかわり、いかがですか？」

そう、和葉とあの花を二〇九号室で見たのは、夏の終わりのことだった――。

エレベータの前に立ち、もう一年以上も前になる、と羽美は思いかえす。

十一階からいっこうに動こうとしない表示灯を見あげ、「早いものね」と彼女は口の中で低くつぶやいた。

三十の坂を過ぎてから、とみに月日の経つのが早くなった。離婚して『サンクレール』に越してきてからはなおさらだ。和葉いわく〝高等遊民〟な生活のせいで、曜日の感覚がなくなることもしばしばだった。

今の彼女はただ寝て起きて、たまに図書館へ行き、近隣に建つ大学の講義を聴講し、月に二、三度『癒しの会』へ赴くだけけた。平穏で波風のない代わり、大きな喜びもない暮らしであった。

ふと、体の真横に人の気配を感じた。

反射的に首を向ける。

しかし羽美が目でとらえる前に、その影はすでに駆け去ってしまっていた。

――子供？

羽美は首をかしげた。

はっきりと見たわけではない。でも、男の子に思えた。中性的にすんなり伸びた手足と、白い横顔だけが印象に残った。

なんとはなしに影の行方を目で追っていると、

「ああ、ゲンの子ですわね」

耳もとで濁った声がした。

羽美は振りかえった。目の前に、左胸にＩＤカードを留めた初老の女が立っていた。見覚えがある。確か、ガスメーターの検針員だ。古株らしく、他の住民とも挨拶《あいさつ》を交わしているのをよく見かける。

女が言葉を継いで、

「うちの田舎だと、ああいう子は〝ゲンの子〟って呼んだもんでしたわ。なんだか、久しぶりに見た気がするねえ」

「はあ……」

羽美は目をしばたたいた。

しかし「どういう意味ですか」と訊《き》く前に女は向きなおり、

「ねえあなた、波佐野先生のお嬢さんなんですって？」

と目じりに笑い皺《しわ》を寄せた。

思わず虚を突かれ、「え、あ、はい」と羽美は首を縦にした。

「まあまあ、こんなに大きくなって。見違えましたわ」

女は無遠慮に羽美の腕を叩《たた》いて、

「わたしはね、息子二人とも波佐野産科医院で産んだのよ。そのせつは、ほんとうにお世話になって。先生は事故でお気の毒だったわね、でも気を落とさないで。ちょうど所用でお葬式に行けなくてご無礼したわ。ごめんなさいね」

「いえ、そんな」

「お世話になったのよ。だからもっと先生のお役に立てたらよかったんだけどねえ」

女は訛《なま》りのある早口で繰りかえす。

なんとも答えることができず、羽美はあいまいに微笑みつづけた。

ようやく降りてきたらしいエレベータが、かん高く到着ベルを鳴らした。

「えー、では先週のつづきから……。ノート、とってる？　とってますね？　ちょっと前のあなた、見せて。うんそうだ。じゃあ、このつづきからね……」

イヤフォンから流れてくる老教授の声は、奇妙な抑揚といい、低くささやくような口調といい、いつ聞いても眠気を誘う。

録音だった。羽美が聴講している『地域民俗学』の講義を、ＩＣレコーダで録ったデータだ。

内容は興味深いのだが、教授の口調が教室の暖かさとあいまって、どうにも睡魔を誘う。現役学生たちは大半が講義室に録音機器を持ちこんでいた。それを真似、いつしか羽美もこうして音声データを家で聞くようになった。

「地名というのは、えー、じつに多くの意味を含んでいます。昨今は地名を住民投票だのなんだので安易に変えてしまう傾向がありますが、じつに嘆かわしい……。地名はその土地の履歴を……うん、経てきた歴史を、もっとも端的に語る資料です。地名に限らず、名というのはじつに多くの情報を語るもので……」

枯れた声を片耳で聞きながら、羽美は熱い紅茶を含んだ。

視線をそっと天井へ送る。上階からは物音ひとつしない。遮音性の高い二重天井が、こういうときばかりはすこし恨めしい。

――このすぐ上に、秋山さんがいるのに。

なのに連絡ひとつ取れないなんて。

羽美はうつむき、眉間《みけん》を指で揉《も》んだ。いったい彼女になにがあったのだろう。

彼女の妹と、元婚約者とのいきさつは知っている。『癒しの会』で、和葉自身の口から聞かされた話だ。

彼らとまた、なにかいざこざがあったのだろうか。とくに姉を見下し、隙あらば己の優位性を示そうとする妹の菜々香との間に。

「たとえば、旧地名に『蛇』の一字が入っている土地……。この多くが水害の頻発する場所であります。有名なところでは『蛇崩』、『蛇落』などですね……。また『野毛』は切りたった崖《がけ》を意味する言葉で……」

自助グループ『癒しの会』を和葉に紹介したのは、心療内科のカウンセラーだという。

羽美の場合は精神科医だった。当時の羽美は不眠、抑鬱《うつ》症状、不安障害等に悩まされていた。半年の間に八キロ落ちた体重を、『癒しの会』に出会って以降、ゆっくり時間をかけて六キロ戻した。

——秋山さんは、わたしの回復後の姿しか知らない。

とはいえ事情はすべて話してある。

子供を望めなくなったのをきっかけに、夫とうまくいかなくなり離婚したこと。そもそも愛のない結婚だったこと。夫は当時『波佐野産科医院』の勤務医で、父が気に入って強引に縁談を進めてしまったこと——。

羽美も和葉と同じく、実親との歯車がずれてしまった子供だった。

「でも、わたしには祖母がいました」

和葉は言った。

「もし祖母がいてくれなかったら、耐えられなかったと思います。こんな言い方はよくありませんけど、あの家で孤独のままだったら、十代で自殺していたかもしれない。……波佐野さんは、どうでしたか？」

「わたしには、架空の友達がいたらしいわ」

羽美は答えた。

「自分ではよく覚えていないの。でも叔母が言っていたんです。『ちっちゃい頃の羽美ちゃんは、目に見えない友達と遊んでた』って。心理学用語で言うところの〝イマジナリーフレンド〟ってやつでしょうね。まわりに同い年の友達がいなかったから、空想上の子供を話し相手にしてたんじゃないかしら」

羽美は苦笑して、

「でも母はそれを聞いて、かんかんに怒ったわ。『やめてよ、おかしなこと言わないで！』。すごい勢いで食ってかかったものだから、叔母は目を白黒させてたっけ。母にしたら、頭のおかしい子と言われたように思ったんでしょうね。空想の友達なんてめずらしいことじゃないのに」

「ですよね。わたしもイマジナリーフレンドがテーマの『ふしぎなともだち』って絵本、持ってましたもん。架空の友達って、日本よりも外国のほうがポピュラーらしいですね。映画や小説でもよく見かける題材だし」

和葉がまぶたを伏せて、

「もし祖母がいなかったら……きっとわたしも、脳内で見えない友達を作っていたと思います。毎日、その友達に泣きながら愚痴ってたんじゃないかな」

「ええ。昔のわたしがまさにそうだったと思う」

羽美はうなずいた。

「でも〝友達〟の名前も覚えていないんですけどね。その子と遊んでいたのは、ほんの短い間のことだったみたい。母にがみがみ叱られて、強制的に消滅させられちゃったから」

——イマジナリーフレンド、か。

舌の上で転がすように、羽美はそっとつぶやいた。

今のわたしにこそ欲しい存在かもしれないな、と一人ごちる。こんなとき、話を飽かず聞いてくれる誰かがいたらどんなにいいか。

両親の死について、和葉について。絶対的に信頼のおける誰かに、聞いてもらいたいことが山ほどある。

とはいえ〝友達〟は中年になったわたしの前には現れてくれまい。今のわたしには理性が、しがらみがありすぎる。

大人になるって、自由なようでいて、なんて不自由なんだろう。

イヤフォンからは、いまだ老教授の声が流れている。

「あわ、あお、あわい、あい……これらは『はざま、境界』を意味します。淡路《あわじ》、安房《あわ》などが典型的ですね。……淡路島には、皆さんもご存じの伊弉諾神宮《いざなぎじんぐう》があります。この島は国産みの神であるイザナギとイザナミが、最初に産んだ国だと言われており……またイザナミが死して向かった黄泉《よみ》の国も、淡路島の……」

気づけば紅茶はすっかり冷めてしまった。

新しく淹れなおすか、と羽美は腰を浮かした。

やっぱり明日も秋山さんを訪問しよう、と独り決めする。

彼女にしたら余計なお世話だとしても、ほうっておけない。さいわい自分には余暇だけはたっぷりある。どれほどの持久戦になろうとかまいはしない。

突然、チャイムが鳴った。

思わず羽美の肩が跳ねた。

壁の時計を確認する。午後十一時半だ。こんな時間にまさか宅配便でもあるまい。訪ねてくる人も思いあたらない。

インターフォンのモニタを確認する。誰もいないようだ。

念のためドアスコープからも覗《のぞ》いてみた。やはり、ドアの前には誰も見当たらない。

──悪戯《いたずら》かしら。いやだな。

羽美は行儀悪く舌打ちした。

ここのセキュリティは万全で、おかしな人は入ってこられないはずなのに。どこかの階の子供が悪ふざけでも覚えたんだろうか。

耳もとでは、老教授が低く語りつづけている。

「また、そこで転ぶと三年以内に死ぬと称される『三年坂《さんねんざか》』の別称も、『淡路坂』と言いますね。……つまりこれも同じく、生と死のはざまを意味する……。えー、かように人々は、土地やモノに名という印刻を付けることで、後世の子孫へと警告を発したわけです……ふさわしい正しい名を付けることで、土地もモノもはじめて機能し……」

——もう寝よう。

羽美は指を伸ばし、ICレコーダを停止させた。


異変を感じたのは、その翌日からだった。

早朝に玄関扉の横のポストを開けた途端、羽美はちいさな悲鳴をあげた。

サンクレールには一階の集合ポストとは別に、各扉横に備え付けの新聞受け及びポストがある。その個人用のポストに、生ごみが投げこまれていた。

朝刊が野菜屑《くず》にまみれている。底に卵の殻も見える。ぷんと悪臭が鼻を突き、羽美は顔をしかめた。卵も野菜も腐っていた。

——いったい誰がこんなことを。

セキュリティ面からして犯人は住民の可能性が高い。だが身に覚えはなかった。上階はもちろん、隣室とのトラブルもないはずだった。

羽美は管理人に連絡するか迷い、結局やめた。

初回だし、様子をみよう。二度三度とつづけば問題だが、一回きりなら出来心ということもあるだろう。

——何ごとも大げさに騒ぎたてないのが、集合住宅で生活するこつだしね。

己にそう言い聞かせた。

——もっとはきはき主張しなさい、羽美ちゃん。

——背を伸ばして、しゃんとして。いいからママの言うとおりにしなさい。

脳裏でわめきたてる母の声は、強いて無視した。

羽美は野菜屑まみれの朝刊をごみ袋に放り、三十分かけてポストを掃除した。ちょうどごみの日だったのがさいわいした。

集積場に向かった帰り、いいついでだと羽美は階段で二〇九号室へ向かった。

いつものとおりドアの前に立つ。インターフォンのチャイムを押す。

応答はなかった。これもいつものことだ。今一度押そうと羽美が指を伸ばしかけたとき、かすかに雑音があった。

一拍置いて、慌てて羽美はインターフォンに飛びついた。

「秋山さん?」

マイクに向かって叫ぶ。

顔を近づけ、耳をすます。

和葉の気配がした。確かに息づかいが感じとれた。

よかった、と思った。よかった、無事だったんだ。安堵《あんど》のあまり、その場に座りこんでしまいそうになった。しかし強いてこらえ、再度呼びかける。

「秋山さん、わたしです、波佐野です。あの、できたら顔を見せてくれない? ううん、ドアの隙間からでいいわ。元気だってわかれば、それでいいから」

短い沈黙があった。せわしない呼吸音がする。

「……波佐野、さん」

しわがれた声がした。

「秋山さん、無事なのね？」

インターフォンにかじりつくようにして、羽美は叫んだ。

「もしなにか事情があるなら、いつでも言ってちょうだい。親御さんや妹さんに知られたくないなら、ここだけの話で処理するわ。病気だとしても会経由で入院の手配はできるし、わたしの個人的な伝手《つて》だって使える。だから秋山さんは、なにも心配――」

「……おい、……を」

「え？」

「……あおいを、おねがい、します」

ぶつりとインターフォンが切れた。

「秋山さん。ねえ、秋山さん？」

何度も呼んだ。しかし応える声はなかった。

その後十分近く粘ったが、二〇九号室のドアは静まりかえったままだった。

――あおい？　あおいって誰？

喜びと落胆を同時に覚えながら、羽美は思案した。

男だろうか、女だろうか。苗字だとしたら青井さん？　下の名前だとしたら、葵？

碧？　それとも平仮名であおい？

困惑しつつも、階段を下りて一〇九号室へと戻る。

たっぷり脱臭スプレーをかけたおかげか、ポストはさほど臭わなくなっていた。お隣が不快に思っていなかったらいいけど、と確認がてらポストを覗く。

なにかが底に落ちていた。目をすがめ、羽美は手を入れて探った。

指さきで慎重につまみあげる。

USBメモリであった。色はブルー。有名なメーカー製だ。ラベルの端になにか書いてある。油性マジックで描いたらしい、拙い四葉のクローバーだった。

羽美の腕が、わずかに粟立《あわだ》った。

そうだ、和葉の「葉」の字にちなんで、持ち物に四葉のマークを書く癖があると以前和葉自身から聞かされた。妹に取られまいと、無駄な抵抗とわかっていても描くのが習慣になったのだ——と。

その印が今、羽美の掌の中にあった。

羽美はドアを開け、靴を脱ぐのももどかしくリヴィングへ走った。

ノートパソコンの電源を入れる。立ちあがるまでの時間が、ひどく長く感じられた。

USBを差し込み、ファイルを確認する。

どうやら動画らしい。ウイルスの有無は確認しなかった。即、再生を選んだ。

最初の数十秒はノイズだった。

羽美はモニタに顔を近づけ、目を細めた。和葉からのメッセージに違いない、と確信があった。

彼女がこんな迂遠《うえん》な手段をとる理由はわからない。いつの間にポストに入れたかも不明だ。だが見なければいけない。それだけははっきりしていた。

画像のノイズが次第に晴れていく。

一瞬大きくぶれたのち、ぱっと画面が鮮明になる。

映っていたのは、子供だった。

家具も何もないがらんとした空き部屋に、七、八歳の少年が一人、膝《ひざ》を抱えて座りこんでいる。剝《む》き出《だ》しのフローリング。カーテンのない窓。ウォークインクロゼットへ繫《つな》がる扉がなかば開いているが、中は空っぽだ。

――この間取り、知ってる。

羽美は目を凝らした。

いや、知っているどころの話じゃない。この間取りと内装を見間違えるはずがない。だって〝ここ〟だ。このマンション『サンクレール』の、3LDKタイプの間取りとそっくり同じだ――。

少年は膝を抱いた腕に顔をなかば埋め、カメラを見つめていた。

射貫くような視線だ、と羽美は思った。

あらゆる感情のこもった目つきだった。懇願するような、思慕しているような、それでいてどこか相手を責めるような。

——だとしたら、誰を責めているのだろう。

少年の背後の窓では緑が揺れている。街路樹が風にそよいでいる。どうやら季節は夏らしい。見覚えある合歓《ねむ》の木が、見覚えある赤い花をつけている。

懐かしい——唐突に羽美は思った。

胸の底から突きあげるような郷愁であった。

懐かしい。わたしはこの光景を、この季節を知っている。いつの記憶だろう、思い出せないけれど、とても懐かしい——。

画面の中の少年と目が合った。

きれいな顔の男児だった。知らない子だ。会った覚えのない子供だ。でも、胸の底で記憶がざわめく。みぞおちで、もどかしさが渦を巻く。

知らない子? いえ、わたしはきっと知っているはずだ。だって懐かしい。こんなにも懐かしい。

無意識に、羽美の唇が動いた。

「……あーちゃん」

はっとする。掌で口を押さえる。

こぼれ落ちた言葉とともに、まぶたの裏に浮かんだ光景があった。

幼い自分がいる。がらんとした空き部屋に座りこみ、少年と人形で遊んでいる。

合歓の赤い花。和葉の部屋から望んだ眺めと同じだ。まだあどけない羽美が彼を呼ぶ。

あーちゃん、あーちゃん。……あおいちゃん。

動画がぶつりと切れた。

画面が暗転する。モニタの表示が、勝手にデスクトップ画像に切り替わる。

羽美は身を乗りだし、マウスを操作した。

しかしなぜか、動画は二度と再生できなかった。


羽美のポストに雛鳥《ひなどり》の死骸《しがい》が投げ込まれたのは、三日後のことだった。

つばめだろうか、まだ目も開いていない雛《ひな》だった。羽毛のないピンクの肌と、閉じた突き出し気味の目がグロテスクだった。

今度こそ羽美は管理人を呼んだ。

このマンションには基本的に住民と、住民が許可した人間以外は入れないようになっている。だが新聞と郵便配達員、各メーターの検針員だけは登録済みのICカードキイを配布され、自由に出入りできた。よしんば不測の事態があった際、ICカードの登録番号から侵入者が特定されるシステムである。

「悪質ですね、警察に届けましょう」

駆けつけた管理人は顔をしかめて言った。

「通報は管理室からしておきますが、おそらく波佐野さんのところにも、あとで警官が事情聴取に来るかと。かまいませんか？」

「ええ、お願いします」

羽美はうなずいた。

不快感をあらわにした管理人の表情に、なぜかほっとした。他人があんな顔をするほど、わたしはひどいことをされたんだ。通報は当然なんだ——そう思えた。

管理人に礼を言い、部屋に戻りかけたとき、背後から声がした。

「波佐野さん」

羽美は振りかえった。

知った顔だった。確か二十二階に住む石井さんのお姑《しゅうとめ》さんだ。五十代なかばのはずだが、いつ見ても驚くほど若々しい。

「あのう、なにかあったんですか？」

強張った頬に怯《おび》えをたたえ、石井芳枝が尋ねた。

咄嗟《とっさ》に羽美は「いえ、なんでも」と答えかけた。しかしその前に芳枝が、

「もしかして——ポストになにか、されました？」と言った。

思わず羽美は彼女をまじまじと見てしまった。

芳枝が言いよどみ、足をもじつかせる。

「あ、ごめんなさい、こんなのお節介よね。ただ言っておいたほうがいいかと思って……でも、波佐野さんが聞きたくなかったら、わたし」

「なにかご覧になったんですか」

食いつくように羽美は尋ねた。

「見たというか……たまたまなのよ。ほら、波佐野さんのお部屋は突き当たりだから、よく見えるというか、偶然目に入っちゃったの。でもわたしあまり視力がよくないし、いちいち言うほどのことでもないかって……」

「いいから教えてください」

羽美は苛立《いらだ》ち、遮った。芳枝が上目づかいに彼女を見やり、言う。

「……ほんとに偶然見ただけよ。それも、ほんのちらっとだけ。べつになにかしてるのを目撃したわけじゃないし……ポストにかがみこんでる姿を見ただけなの」

「かまいません。男性でしたか、それとも女性？　ここの住民でした？」

「いいえ」

芳枝はかぶりを振って、

「ここの人じゃないわ。スーツ姿の男性よ。三十代後半かしらね、背が高くて、若白髪で、眼鏡をかけて……。頭はよさそうだけれど、ちょっと怖い顔だったわ。なんていうか、感情のない顔。目つきが妙に鋭くて」

羽美の顔からゆっくりと血の気が引いていった。

そんな彼女に気づいたか、芳枝が目に見えて狼狽《ろうばい》する。

「波佐野さん、あの、ごめんなさい。やっぱり言わなきゃよかったわね」

「いえ、ありがとうございます」

羽美は引き攣《つ》る頬で、無理に微笑んでみせた。

「教えてくださって、たいへん助かりました。警察にもそう伝えておきます。ご迷惑でしたら、石井さんのお名前は出しませんから大丈夫ですよ」

「迷惑だなんて」

芳枝は大仰に否定した。

「うちだって亜沙子さんの件で、警察にはお世話になっていますもの。……ここはセキュリティ万全のマンションですけど、やっぱり年寄り一人じゃ心細くてね。つい知らない顔が出入りしていると、じろじろ見ちゃうの。余計な世話焼きをして、ほんとうにごめんなさいね……」

そういえば石井亜沙子が失踪《しっそう》してから何箇月も経つ、とあらためて羽美は気づいた。彼女が発見されたという噂はいまだ聞こえてこない。芳枝が神経を尖《とが》らせて当然だ。

エレベータの前まで芳枝を見送り、ふうと羽美は吐息をついた。

ついさっき聞いたばかりの言葉が、脳裏によみがえる。

――三十代後半かしらね。

――背が高くて、若白髪で、眼鏡をかけて……。頭はよさそうだけれど、ちょっと怖い顔だったわ。なんていうか、感情のない顔。目つきが妙に鋭くて。

該当の男に心当たりはあった。

長身で、若白髪。眼鏡。無表情で、一見酷薄ともとれる造作。

元夫の、米澤誠也《よねざわせいや》のモンタージュであった。

米澤とは八年前に結婚し、二年前に離婚した。亡き父と同じ大学を出た勤務医で、父のお気に入りだった。

優秀な男だ、結婚相手として間違いない男だと、薦められるがままに夫婦になった。

当の米澤本人は、父にいくら称賛されようと眉《まゆ》ひとつ動かさなかった。感情をほとんど表に出さない、無口で四角四面な男であった。

羽美はリヴィングへ戻り、管理人へ連絡を入れた。

「すみません。やっぱり通報はすこし待ってもらえませんか」

そう伝えると彼は不服そうだった、だがとくに反論はせず了承してくれた。

羽美は通話を切り、額に手をあてた。

——あの人が、まさか。

米澤のことを、羽美は今でもけして嫌いではない。

だが結婚生活はお世辞にも愛情深いとは言えなかった。平穏でなんの苦労もない代わり、心が浮きたつこともない暮らしであった。

口うるさい母のもとで、羽美は〝明るい優等生〟を演じながら育った。とはいえ笑うのは好きだった。冗談もサプライズも好きだった。

しかし米澤は真面目一徹の、ジョークを解しない男だった。

ごくまれに微笑むことがあっても、目を細め、唇をわずかに曲げるだけだった。彼が声をあげて笑うのを、羽美は一度たりと目にしなかった。

――だから自然と、わたしも笑わなくなった。

米澤はきっと不器用なだけなのだ。けれど、妻の心を弾ませてくれる男ではなかった。背後につねに父親の顔がちらつくことも羽美を萎《な》えさせた。

「なんでも計画通りに、規則正しく進むのが好きなんだ」

そう米澤は言った。

「そのほうが安心できる。達成感だって味わいやすいだろう。〝嬉《うれ》しい驚き〟だの〝望外の幸せ〟なんて、人生にはべつに必要ないものだ」

「……わたしは嬉しい驚きなら、人生のうちで一、二度あっていいと思うけど」

羽美は、そう小声で応じるしかできなかった。

米澤の人生計画どおりに彼らは子供を作ろうとした。だが、そこで挫《ざ》折《せつ》した。一度目の妊娠は流産に終わり、二度目は妊娠判明直後の癌《がん》検診にひっかかった。羽美に子宮癌が発見されたのだ。

担当医は、妊娠の継続は無理だと断言した。米澤も同じ判断だった。

羽美は彼らの勧めに従い手術を受けた。さいわい予後はよかった。だが羽美は下腹部だけでなく、心までからっぽになった気がした。

手術の半年後、羽美は離婚を申し出た。

米澤は「きみがそうしたいなら」と、やはり冷えた無表情でそれを受け入れた。

父の反対をよそに、羽美は離婚届を役所に提出した。

父の訃報《ふほう》があったのは、その直後だ。

羽美は罪悪感に病み、精神科医から『癒しの会』を紹介されるまでにやつれた。その間、米澤とはいっさいの接触を絶っていた。

回復した今は、月に一度事務的なメールを交わす仲となっている。だが、その程度だった。お互い近況を知らせ合うだけの、無味乾燥な連絡であった。

――あの誠也さんが、こんなことをするとは思えない。

だが万にひとつでも彼だという可能性があるならば、警察沙汰《ざた》にはできなかった。亡き父のためにも、米澤が継いだ波佐野産科医院のためにもだ。

羽美は重苦しいため息をついた。

「……あーちゃん」

われ知らず、独り言がすべり出る。

動画で見たあの少年の顔が浮かぶ。

「あなたがもしほんとうに、わたしのあーちゃんなら……教えてよ。秋山さんとどういう関係？　今わたしのまわりに、なにが起こっているの？」

いやがらせはその後もつづいた。

干した布団にコーヒーをかけられたこともあった。ドアに「バカ女」、「イルスするな」と貼り紙されたこともあった。

集合ポストに怪文書を撒《ま》かれたこともあったが、このときは四階に住む飯村がいち早く気づき、回収を手伝ってくれたため騒ぎにならずに済んだ。去年の冬、妻の菜緒をベランダの事故で亡くした男性であった。

幾度も礼を言う羽美に、

「犯人かどうかわかりませんが、見覚えのない男がうろついていましたよ」

と飯村健也が語った男の人相は、やはり元夫の米澤と一致していた。

――そういえば誠也さんに、一度ここの共有施設を使わせたことがあった。

忽然《こつぜん》と羽美は思い出した。

病院の大会議室も特別会議室も埋まっていて使えないというとき、「ホテルの会議室は高額だから」と、父が『サンクレール』の集会室を使わせたのだ。

エントランスへ入るための暗証番号を教え、カードキイは父が手ずから貸した。あのとき米澤がカードキイを複製しなかったと、いったい誰が断言できるだろうか。

ICチップ入りのカードキイは表向き複製不可ということになっている。だがネットで検索すれば、「複製できます」と謳《うた》う業者の多さに驚かされる。

もちろんまともな業者は引き受けまい。しかしまともでない会社に依頼したならば――

――その先は、想像するほかなかった。

悩みに悩んだ末、羽美は管理人に、

「警備カメラの動画を見せてもらえないだろうか」と頼んだ。

しかし管理人は首を縦には振らなかった。

「警察の立ち会いのもとでないと」と言い、「見ても、役に立たないと思いますよ」と言葉を濁した。そう言われてしまえば羽美も、それ以上深追いはできなかった。

わたしは誠也さんに、そんなにも恨まれているのだろうか。

ベッドで眠れぬ夜を過ごしながら、羽美は何度も寝がえりを打った。

――なんでも計画通りに、規則正しく進むのが好きなんだ。

――そのほうが安心できる。達成感だって味わいやすいだろう。

彼の口癖を思い出す。

優等生の米澤誠也。いい学校を出、順調に出世し、院長の娘婿となった彼。順風満帆だった。その半生に、障害や挫折はひとつもなかった。

――彼の人生計画を、わたしは台無しにしたのか。

羽美はきつく目を閉じた。

わたしは彼の子を産めなかった。それどころか戸籍まで汚してしまった。輝かしい彼の人生に唯一ついた汚点、それがわたしなのか。

二年経ってなぜ、ではない。二年経ったからこそ、彼には汚点の濃さがあざやかに見えるのだろう。羽美には理解できた。なぜって彼女自身が、二年経ってようやく、父の死も離婚も見つめなおすことができたからだ。

羽美は両掌で顔を覆った。

秋山和葉の手助けをしたかった。でも、今のわたしじゃ駄目だ。わたし自身がトラブルを抱えてしまっては、和葉にいらぬ迷惑をかけるかもしれない。

——あーちゃんのことも気になるのに。

そう内心でつぶやいたとき、枕元のスマートフォンが光った。

メールの着信ランプだ。迷ったが、手を伸ばして確認した。

米澤からだった。

頬が強張るのが自分でもわかった。近況を知らせるだけの、いつもどおりの文面だ。

だがそれだけに不気味だった。

羽美はスマートフォンを放り、毛布を頭からかぶりなおした。


「きゃあっ」

羽美は悲鳴をあげた。

二階の和葉を訪れた帰りだった。エレベータがなかなか来ず、羽美は階段を選んだ。
一、二段下りたところで、背後から背中を押されたのだった。
体が前のめりに傾ぐ。腕が大きく泳ぐ。

すべてがスローモーションで映った。階段がやけにくっきり見える。視界がクリアだ。

落ちる。落ちてしまう――。

そう覚悟したとき、後ろから腰を抱きとめられた。

細い腕だった。感触をまざまざと感じた。

羽美は壁に手を突いた。膝《ひざ》を曲げ、腰を落とす。数段をすべり落ちたが、かろうじて止まった。

倒れたまま、羽美はおそるおそる足首を曲げてみた。異常はなかった。どうやら折れても捻《ひね》ってもいないらしい。安堵《あんど》の吐息が洩《も》れた。

ゆっくりと立ちあがる。

尾骨を打ったし、脚をあちこち擦った。だが被害は最小限で済んだようだ。

踊り場を見あげ、羽美は声を落とした。

「――あーちゃん……？」

見えたのは、ほんの一瞬だった。いや、見えた、と錯覚しただけかもしれない。

でもあの刹那《せつな》、腰を抱きとめてくれた細い腕。腕の向こうにちらりと覗《のぞ》いた、幼く白い顔――。

「やっぱり、あーちゃんでしょう。……あなたなのよね……？」

応える声はなかった。

だがその日を境に、羽美は身近にしばしば「あーちゃん」の気配を感じるようになった。驚いたことに、いやがらせの類もぴたりと止んだ。

――あーちゃんがわたしを、守ってくれている？

馬鹿げた考えだとはわかっていた。

幼い頃のイマジナリーフレンドが出現して守ってくれるだなんて、荒唐無稽《むけい》もいいところだ。精神科の担当医に知られたなら、きっと再通院を勧められるに違いない。

だが羽美には〝彼〟だとしか思えなかった。

――あーちゃん。あなたはいったい何者なの。

羽美は例の動画の再生を何度か試みた。手がかりはそれしかなかったからだ。十何度目かで、ようやく再生に成功した。

前回と同じくまずノイズからはじまる。音はない。画面が激しくぶれたかと思うと、直後に鮮明な画質へ切り替わる。

一瞬、羽美は己の目を疑った。

前回とは違う光景が映っていたからだ。

部屋はおそらく同じだ。しかし、家具がある。家電があり、生活雑貨が揃っている。和葉が揃えた家具と小物であった。

――二〇九号室だ。

見覚えあるソファの前に、六人の男女が立っていた。両手を体の脇に付け、気をつけの姿勢で、記念写真でも撮るかのように正面からカメラを見据えている。

真ん中に、葵が映っていた。右隣に高校生らしき制服姿の少年がいる。しかし顔はノイズで見えない。その横には女がいた。服装こそ若いが、手の皺《しわ》からして初老だろう。左隣には、葵からすこし間をあけて和葉がいた。

彼女の造作は、葵と同じく明瞭《めいりょう》に映っている。しかしその脇に立つ父子らしき二人は、やはりブロックノイズで顔が隠れていた。

羽美は眉《まゆ》をひそめ、モニタに顔を近づけた。

一見ばらばらの六人だった。年齢も性別も異なり、服装にも統一性がなかった。高校生の少年はブレザーの制服。和葉は通勤用のスーツ。初老の女はワンピースで、子連れの男は部屋着らしきジャージ姿だった。

にもかかわらず、彼らはひどく親密に見えた。まとっている空気が同じだった。

なんと形容すればいいのだろう。どこか通じ合っているというか、心の底で感覚を共有している者同士の雰囲気というか――。

そう、家族のような。

――家族。

その言葉で、すとんと腑《ふ》に落ちた。

ああそうか、彼らは家族なんだ。だからこそ、観ていてこんなにもしっくり来る。わけがわからないのに、気味が悪いはずなのに、目が離せない。

――葵の横に一人分空いているスペース、あれはなんだろう。

羽美はいぶかしんだ。

和葉と葵はとても親しそうだ。画面越しにも伝わってくるものがある。だがそれならどうして、和葉は葵に寄り添って立たないのか。

まるでそこは、自分の居場所ではないとでもいうように。いずれその隙間を、誰かが埋めるのを知っているかのように――。

ふと、羽美のうなじがちりっと逆立った。

――誰か、いる。

背後に人の気配を感じた。

真っ先に浮かんだのは元夫の顔だった。だが、違う。

これは誠也さんではない。それどころか、生身の人間の気配ですらない。

恐怖はあった。しかし嫌悪は感じなかった。

――あーちゃん。

なぜ、と問いが喉《のど》もとまでこみあげる。

あーちゃん、なぜあなたはわたしの前に現れたの。なぜ助けてくれるの。わたしにとって、いったいあなたはどんな存在なの。

知りたいと思う気持ちが、恐怖を凌駕《りょうが》していく。

羽美は振りむこうとした。しかし体がうまく動かなかった。肩も、腰も、首も、関節が凍りついてしまったようだ。

刹那、右の耳朶《じだ》に息がかかるのを感じた。羽美の心臓が跳ねる。甘い香りが鼻をかすめた。これは、チョコレートの香りだ。

——……お……ぁ、さん。

消え入るようなささやきだった。

同時に体の強張りが解けた。羽美は体ごと振りかえった。

しかしそこには、やはり誰もいなかった。

動画は、いつの間にか停止していた。

その夜も、羽美はベッドに入ってから何時間も寝つけなかった。

いまさらながら暗闇が怖くなり、部屋じゅうの灯りを点けていたせいもある。

だが恐怖以上に、頭の中を埋めていたのは疑問だった。あの動画の意味はなんなのだろう。葵はなぜわたしにあれを見せ、ささやきかけたのだろう。

——おかあさん、と聞こえた気がした。

羽美は指でそっと右耳を押さえる。

おかあさん。普通に考えたなら、母親のことだ。しかしあの家族の動画に、葵の母らしき姿はなかった。初老の女はおそらく祖母だろう。年齢如何《いかん》ではない。動画での距離感がそれを表していた。

羽美は枕に仰向き、掌で顔を覆った。

おかあさん、お母さん――。

思考は、羽美自身の母親にいつしか向いていく。

今はもう亡い母。話し合いも和解もかなわぬまま、五十代でこの世を去ってしまった母――。

母方の曾祖父《そうそふ》は、波佐野産科医院の創始者である。長男の祖父が跡を継ぎ、さらに婿養子である父が継いだ。

母の茜は一人娘の羽美を産むまでに三回流産したという。

「あんなに流産するのは、代々の水子の祟《たた》りだって陰口を叩《たた》かれたものよ」

茜がなにかの折に、そう自嘲《じちょう》していたのを覚えている。

口さがない人々はどこにでもいる。それにしても心ない噂だった。富裕な波佐野家に対するやっかみもあっただろう。お嬢様育ちの母には、さぞこたえたに違いない。

やっとの思いで産んだ羽美を、母は「理想の娘」に育てあげようとした。

羽美が彼女の思うままに動いているときは、べたべたに溺愛《できあい》した。しかしひとつでも意に添わぬことがあると、ヒステリックに罵倒《ばとう》した。

――ああもう、どうしてママの言うことがきけないの！

――何度言ったらわかるの。あんたはあたしの言うことだけ聞いてりゃいいのよ。

――なぜもなにもない。駄目だから駄目なの！

ひどいときはクロゼットに丸一日閉じこめられ、羽美は食事はおろか、トイレにすら行かせてもらえなかった。

耐えきれず、羽美は父に泣きついた。しかし苦い顔で「お母さんの言うとおりにしなさい」と言われただけだった。

一説に黄体ホルモン分泌がすくない女性は流産の確率が高く、かつ更年期障害になりやすいという。母の精神が不安定だった理由は、脳分泌物のせいだったのだろうか。

ともあれ婿養子の父は、荒れる母に対し強く出られなかった。だが幼い羽美には、大人の事情など知るよしもなかった。

やがて羽美は母の命令に従って、「あーちゃん」を消し去った。

母の望む友達と付き合い、望む成績をとり、明朗な優等生に成長した。中高とエスカレータ式の女子校へ通い、両親が薦める大学へと進学した。

卒業後はほんの数年、父の病院で働いた。そうして父の薦める男と結婚し、希望どおり家庭に入り――。

しかし子供を産むことだけは、期待に沿えなかった。

羽美が一度目の流産をした直後、母は病死した。

癌だった。最後は脳に転移していた。母は病室のベッドで、

「いやだ、やだ――。こっちに来ないで。お願い、触らないで、いや――」

と、あらぬものに怯《おび》えながら死んだ。

そして数年後、羽美が離婚した直後に父は事故死した。

両親を落胆させたまま死なせたという悔恨は、彼女を激しく責めさいなんだ。守銭奴と呼ばれた父だった。ヒステリーと陰で笑われていた母だった。それでも羽美にとっては唯一無二の両親だった。彼らを喜ばせたかった。

「あーちゃん……」羽美は低く呻《うめ》いた。

あなたは消えていなかったの？　わたしと離れたあともあなたは存在していて、ここで家族を手に入れていたの？　どうやって秋山さんと出会ったの？

──二〇九号室。

共通点は、あの部屋か。

記憶の中の葵とわたしはあの部屋で遊んでいた。同一の部屋であると、合歓《ねむ》の木の角度が物語っている。

わたしは秋山和葉を、父から相続したあそこへ入居させた。そうして入居以降、ここサンクレールでは災事が相次いでいる。四階の飯村家の凍死事件。石井亜沙子の失踪《しっそう》。妊娠中だった島崎千晶が流産しかけ、マンションを出て行くという一件もあった。

すべて二〇九号室からはじまったことだとしたら、いったいあの部屋はなんなのか。

羽美はきつく目を閉じた。

明日からするべきことが、ようやく決まったと思えた。

翌朝、羽美はまず不動産会社へ向かい、次に図書館へ向かった。

「住宅地図を見せてもらえませんか。できるだけ古い版を」

カウンターで申請すると、若い女性司書が端末機で蔵書を調べてくれた。もっとも古いものは昭和四十六年版であるという。むろん閉架所蔵だ。

「十冊ほど閲覧したいんですが……」

女性司書が「すこしお待ちください」と席をはずす。年配の司書となにやら相談しているようだ。やがて戻ってきた彼女は申請用紙を羽美に差し出し、

「閉架の鍵《かぎ》をお貸しいたしますから、こちらにお名前と、図書カードの番号をお書きください。できれば身分証明書の再提示も」

言われるがままに記入し、免許証を提示して羽美は鍵を受け取った。

上階の閉架は黴臭《かびくさ》く、薄暗かった。住宅地図の棚は奥から二番目の棚だった。どれも分厚く重そうだ。おまけに古いものほど上にある。脚立を使ってなんとか取り出しながら、なるほどこれじゃ鍵を渡して丸投げしたくなるはずだ、と羽美は納得した。

——不動産会社の証言が正しいなら、サンクレールに今まで瑕疵《かし》物件はない。飯村家の凍死事件が初だ、と彼らは言った。インターネットで調べた限り、確かにそれは正しく思えた。

それに二〇九号室には、過去一度も入居者がない。〝なにか〟があったとすれば、マンションが建つ前ではと推測された。

古い住宅地図はひどく見づらかった。現在の道筋とはまるで様相が違う。旧町名を手

がかりに目を皿にして探し、ようやく目当ての一角を見つけた。

地図によれば昭和四十六年当時、該当する土地には三軒の家が建っていた。

住宅地図は基本、表札の名前が掲載される。その名前が数年おきに変わっていた。おそらく持ち家でなく、借家だったのだろう。

だがそのうち一軒だけは、ずっと空き家であった。

バブルに突入した昭和六十年に三軒とも買い上げられたが、その前年まで空き家のままだ。ということは、ゆうに十四年間以上空き物件だったことになる。

――ここにきっと、なにかある。

羽美は閉架にとどまり、さらに新聞の縮刷版を調べた。

パソコンに慣れた身としては、こういうときに検索機能が使えないのがもどかしい。じりじりする思いを抱えて、一ページ一ページ探した。

しかしその空き家で、事件が起こった等の記事は見当たらなかった。

羽美は頭を抱えた。気づけば窓の外は夜闇に包まれていた。雪国の冬空は一日中雲に覆われ、夕焼けの茜が見えないため日暮れに気づきにくい。

司書に鍵を返却しがてら、駄目もとで尋ねてみた。

「あのう、昭和四十六年以前の市の様子について調べるには、ほかにどういった方法があるでしょうか」

「様子について、というと?」

「ええとですね、どの家にどんな方が住んでいらしたか、とか、どの一角になにが建っていたかとか……」

　歯切れ悪く答える羽美に、

「ああ、それなら木曾《きそ》さんにお聞きになればいいわ」と司書は答えた。

「木曾さん？」

「子供たちにお話をしてくださるボランティアの方です。九十を超えてらっしゃいますが、矍鑠《かくしゃく》としていてね。街の生き字引のような方ですよ。失礼な言いかたかもしれませんが、いわゆる〝語り部のおばあさん〟ですね」

　その木曾は毎週木曜の午前、児童室で昔語りをするため図書館を訪れるのだという。

　木曜といえば明日だ。羽美ははやる気持ちを抑え、午後に木曾嫗《おうな》と会えるようアポイントメントを取り付けてもらった。

　翌日顔を合わせた木曾嫗は、司書の言ったとおり、きりりとした色つやのよい老女であった。

　地味な唐桟縞《とうざんじま》の紬《つむぎ》を品よく着こなした彼女は、

「この格好は演出ですて。着物のほうが、子供たちにはおばあちゃんらしく見えるでしょ。普段はこんな堅苦しい格好してませんわね」

　と笑ってみせた。

「それで、お嬢さんはこの婆になにをお聞きになりたいの？」

「ええ、じつは……」

咳払《せきばら》いして、羽美は昨夜考えた作り話を切り出した。小学生の息子の自由研究で、「今住んでいるマンションの前身がどんな場所だったか、そこでなにがあったか」を知りたいのだ、と。

われながら下手な嘘だと思った。

しかし媼はとくに頓着《とんちゃく》することなく、知りたいのはどのあたりか、旧町名はわかるか、と淡々と尋ねかえしてきた。羽美の答えに、老女はゆったりとうなずいて、

「ああ、アキ婆さんとこれね。あすこはわたしが物心ついた頃から……そうね、昭和二十年代なかばまで、アキ婆さんという産婆さんが営む助産所だったんよ」

「助産所？」

なぜか羽美はぎくりとした。

脳裏に『波佐野産科医院』の看板が浮かぶ。

「なんでお嬢さんがそんげな話を聞きたいか知りませんが、まあ、あすこについていいお話はできませんわ。それでもかまわんというならお話ししますども、まあ、そうね、息子さんの宿題向きの話じゃありませんわね」

「聞かせてください」

羽美は即座に言った。木曾媼の口調からして、拙い嘘はばれているようだ。しかしか

まっていられなかった。

媼は今一度、

「なんでまた、そんげな話を聞きたいか知りませんが」と前置きして、

「あの頃、このあたりには立派な産院が一軒と、小さな助産所が二軒ありましてね。ひとつがアキ婆さんの助産所、もうひとつがハツ婆さんの助産所よ。……よう言われたもんですわ。『赤子を無事産みたいなら、産院かハツさんにかかれ。そうでねぇなら、アキさんとこに行け』ってね」

思わず羽美は身を硬くした。

媼が言葉を継ぐ。

「昔はほら、今のような『子供は宝』って時代でありませんでしたから。みんな貧しくてね、孕《はら》んだところで産み育てられない女は、〝どうにか〟するしかない」

媼と目が合う。羽美はうなずいた。

その程度のことは羽美も知っている。民俗学の講義でも聞いた。俗に西南では堕胎が多く、東北では間引きが多かったという。

女たちは泣く泣くあらゆる方法で堕胎し、赤子を間引いた。ほおずきの根を煎《せん》じて飲み、冷たい川に腰まで浸かり、または生まれたばかりの子の鼻と口をふさぎ、喉《のど》に足を乗せて圧し殺した。

「アキ婆さんの助産所は、女たちにとっちゃ最後の砦《とりで》だったんよ。どう手を尽くしても

流れんかった子は、アキさんにお願いするしかない、ってね。この街にはまあ、ちいさいけども遊郭もありましたし……。こんな言いかたはあれですけど、ま、繁盛してましたわね」

媼は感情のない声で訥々《とつとつ》と語った。

アキ婆さんには〝養女〟がいたという。親類の子などではなかった。「絞めそこねた」というのが、婆さん本人の弁であった。

「生まれてすぐ、きゅっと絞めて行李《こうり》に放りこんどくのが決まりよ。だども、この子ぁ二日二晩生きとった。しょうがねぇすけ、拾いあげて育てたんさ」

アキ婆さんは養女の前でも平気で、誰にでもそう話した。養女はただ無表情に、横でそれを聞いていた。

行李へ乱暴に放られたせいだろうか、彼女は首と片腕に障害が残っていた。しかし目鼻立ちの美しい娘だった。

アキ婆さんの助手をつとめながら彼女は大きくなった。

だが十七、八になった頃だろうか。養女の下腹が次第にせり出してきた。見る間に、誰もが無視できないほど腹は大きくなった。

それとなく父親は誰かと尋ねる者もあったが、養女は貝のように口を閉ざした。アキ婆さんは「さてね」とはぐらかすばかりだった。

時代は昭和二十年代初頭。米軍配給のハーシー・チョコレートをよく助産所で見かけたことから、人々は「相手はGIか、それとも闇屋の男か」と噂した。真相は最後まで知れなかった。責任を取ることなく、男が逃げてしまったからだ。

「それで、どうなったんですか」

羽美が問う。

媼はかぶりを振って、

「こっから先は、ただの噂よ。よくない噂。話半分に聞いたがいいわ」

と言った。

「――婆さんとこの養女は、流したかったのよ。だどもどうがんばっても、腹の子は下りんかった。ほしたらアキ婆さんの手にかかるしかないわねえ。ひどい難産で、苦しみぬいた末――生まれた子は〝ふつう〟でなかったらしいわ」

「どういう、意味ですか」

「さあて。どんげな赤子だったか、見たのはアキ婆さんとその娘だけだったからね。とにかく赤子は、長くは産声をあげんかった。養女は十日後に首くって死んだ。知ってるのはそれだけよ」

「首を……」

羽美はつばを呑《の》みこんだ。

「なぜですか。男に捨てられたから？　それとも赤ん坊が、その……正常ではなかったから？」

「さあねえ。その両方かもしれない。それとも『今まで流してきた水子の祟《たた》りが、ついに来たんだ』なんて、皆にひそひそ後ろ指をさされたせいかもしれない。人というのは業の深いもんだわ。困ったときは頼っておきながら、ほとぼりが冷めると掌かえして陰口のまとにする」

「アキ婆さんは、どうなったんですか」

「ある日ふいっといなくなったわ。養女を弔いもせずね。見かねて近所の人らが、身銭を切ってあの娘の亡骸《なきがら》をお寺さんに預かってもらったんさ。――それ以後、あの助産所があった家は、借り手がなくてずっと空き家」

媼は遠い目になって、

「アキさん家の〝仕事場〟は二階にあってね。外から覗《のぞ》くと、腹の突き出た女たちが暗ぁい顔して、ぞろぞろ階段をのぼっていくのが見えたもんよ」

瞬間、ぞくりと羽美の腕に鳥肌が立った。

あの角地の、二階――。

それはとりもなおさず、現在の二〇九号室が在る場所であった。

サンクレールに戻って、羽美はICレコーダの古いデータを探した。

地域民俗学の講義を録音したデータであった。

「えー、ルイス・フロイスの『日本史』には以下のような記述がみられます……。いわく『日本では女が堕胎をおこなうことが非常に多い。あるものは貧困から、他のものは多くの子を持つのをいやがるために、また他のものは人に召し使われる身であり……』」

老教授の声が流れ出す。

「堕胎が多かったのは、一般に都市部と言われております……。江戸なんかじゃあ川柳の題材にもなってますな、『中条《ちゅうじょう》は、むごったらしい蔵をたて』……中条というのは堕胎医のことで……むごたらしいと言いつつも川柳にして笑いのめす、これが江戸のスタイルですが、東北の農村での間引きは、川柳とは対照的に陰惨かつ切実なものでありま す……」

イヤフォンから流れる声を聞きながら、羽美は冊子をめくった。

図書館からもらった郷土資料館の冊子であった。白黒の写真が掲載されている。明治、大正と時代が過ぎ、昭和二十年代の遊郭を写した一枚が現れる。

遊女らしき女たちの背後に、粗末な野良着姿の女が写りこんでいた。木曾媼が「これが例の養女よ」と指した女だ。

養女は横顔だけをカメラに向けている。確かに整った容貌《ようぼう》だ。それだけに、肩のあたりからねじれた未発達な左腕が無残だった。

「……テキストをひらいてください。はい、こうありますね。『二、三歳ころまでに死んだ幼児の墓には童子、童女と刻まれるのがふつうだが、それよりももっと日の浅いものの戒名が幻子《げんじ》、幻女《げんにょ》である。そしてこの幻子や幻女のなかには、間引きのために死んだ子どもたちも多かったのである』。……貧しい暮らしの中、産んでも育てられぬから涙を呑んで間引く。しかし幻のごとくはかなかったわが子を忘れられず、寺に供養を頼む親の、悲しい心根がこの戒名にあらわれていると……」

――ああ、ゲンの子ですわね。

検針員の女の声が、羽美の鼓膜によみがえる。

――うちの田舎だと、ああいう子は〝ゲンの子〟って呼んだもんでしたわ。

ああそうか、あれはそういう意味だったのか。

羽美は冊子を閉じ、長い吐息をついた。

――あーちゃん。

あなたはわたしの想像が生み出した存在じゃなかったのね。

あなたはずっとここにいた。そしておそらく、わたしを待っていた。

――待ちつづけて、再会して……それから、どうするつもりだった？

サンクレールで相次いだ事故と失踪《しっそう》。二〇九号室の和葉。母を呼んでいた葵。動画に足りなかった母親のパーツ。アキ婆さんの養女が産んだという赤ん坊。

――今まで流してきた水子の祟りが、ついに。

――あんなに流産するのは、代々の水子の祟りだって陰口を。

羽美の手もとでスマートフォンが鳴った。

思わずびくりとする。

メールの着信音だった。羽美は送信者の名を確認した。

元夫の、米澤からであった。

つい先日も彼から近況報告のメールがあったばかりだ。いつもなら月一回程度の連絡だったのに、どうしたのだろう。あの米澤が習慣を崩すだなんて滅多にないことだ。

――まさか。

まさか、わたしの様子をうかがっている？

羽美はかぶりを振った。

肺から絞りだすようなため息をつき、彼女は机に顔を伏せた。


浅い微睡《まどろ》みの中に、羽美はいた。

ぬるま湯に似た眠りが意識を薄膜で包んでいる。

夢だ、とはっきり知覚できた。今わたしは夢をみている。遠い記憶を呼び覚ました海馬がみせる、回帰型の明晰《めいせき》夢だ。

がらんとした空き部屋に、少女がいる。その向かいに少年がいる。

二人とも歳の頃は六、七歳だろうか。

はいどうぞ、おあがりなさい。いい子でいただきますをして。こまっしゃくれた口調で少女が言う。合歓《ねむ》の花を摘んで、ご飯に見立てて差し出している。

少年がおずおずと花を受け取る。その肩を背後から抱くように、いただきますでしょ、ほら、と若い女が言う。いつの間に誰が現れたのか、と羽美は目を凝らす。

ああ、――あれは和葉だ。秋山和葉。

気づけば数人の影が、少年と和葉を取り囲むようにして座っている。皆きちんと正座し、薄い笑みを浮かべて、おままごとをする少年を見守っている。

あおいちゃん、あーちゃん。彼らが少年を呼ぶ。

葵が初老の女を呼びかえす。おばあちゃん。つづけて和葉を呼ぶ。おねえちゃん。ジャージ姿の父子に、けんちゃん、ゆうちゃん、と呼びかけ、最後に高校生とおぼしき少年に向かって、おとうさん、と笑む。

だが夢うつつの羽美は、違和感を覚えない。

ええそうね、あの父子はあなたのお友達なのね。家族同然のお友達が二人。その後ろにいる男の子がお父さん。なぜわかるかって――ああ、うまく言えない。

どこかで老女の声が響く。あの頃、このあたりには立派な産院が一軒と、小さな助産所が二軒ありましてね。

立派な産院とはきっと、うちのことだ。波佐野産科医院の前身。母方の曾祖父《そうそふ》が興した産科専門病院。

耳の奥で母の声がする。あんなに流産するのは、代々の水子の祟りだって陰口を叩《たた》かれたものよ。

――わたしたちが惹《ひ》かれあったのは、そのせいだろうか。

何千、何万と積み重なった赤ん坊の死骸《しがい》が、葵の背後に仄白《ほのじろ》くぼうと浮かびあがる。あの死骸はきっと、わたしの背後にもいる。祖父が、曾祖父が重ねてきた死骸の山だ。

ふっ、と葵の姿がかき消えた。

まわりを取り巻く和葉たちも、同時に消えた。

視界が暗転する。

濃い、粘い暗闇だった。

闇の中で、少女が泣いていた。出して、出してよと泣いている。お母さん、出して。ここは怖いよ。一人はいや。

白い手が差しのべられる。少女はその手をとる。

闇に浮かびあがった白い顔は――葵のものだ。

そうか、ああやってわたしたちは出会ったのか。羽美は思う。母に叱られて閉じこめられたわたしを、彼が迎えに来てくれたのか。

葵の唇が動く。おかあさん。

少女の唇が動く。はいどうぞ、おあがりなさい。いい子でいただきますをして。

葵の「家族」に足りなかった母親のピース。その意味がようやくわかった気がする。

葵があの部屋で、ずっとわたしを待っていた意味も。

羽美は片手で顔を覆った。

――両親は「いい子」のわたししか好きじゃなかった。

とくに母は、理想の娘像ばかりを押しつけてきた。その枠から外れると途端にヒステリーを起こして爆発した。注がれたのはつねに条件付きの愛情だった。

元夫とは、もとより愛があって結婚したのではない。例のいやがらせが彼の仕業だとしたって、恋着ゆえとは思えない。恨みから成る歪《ゆが》んだ執着に過ぎないだろう。

――でも葵は、「わたし自身」を求めてくれているのではないか？

おかあさん。お母さん。

わたしは自分の子をもう持てない。

けれど葵の母親にならなれるかもしれない。

――でも、どうやって？

もし本物の母親になれたなら、実母を理解でき、許せる気がする。すべては母が子を思う気持ちゆえだったと、納得できるのではと思える。

でも、どうやったら葵の母になれるというのか。

和葉はどうして彼の姉になった？　どうやって？　わからない。

浅い眠りの中では思考がてんで働かない。もどかしい――。

はっと羽美は目覚めた。

枕もとの時計を見る。まだ四時半だ。だが遮光カーテン越しにも外が明るいとわかる。

朝日ではなく、夜のうちに薄く積もった雪の反射光だろう。

羽美は枕に頭を戻し、まぶたをおろした。

眉間《みけん》には深い皺《しわ》が刻まれていた。

元夫からのメールに気づいたのは、図書館に冊子を返却した帰りのことだった。

着信時刻は二時間も前だ。件名はなく、

「東京へ出張。現在、新幹線の車中。当方と数日連絡はつきません」

と本文はそれだけだった。

またメール？と肩に入りかけた力が、安堵《あんど》でほっと抜けた。

この時季に彼が学会へ出席するのは恒例行事と言っていい。そういえば離婚してからも、長期の不在だけは連絡してくるのが常だった。

相変わらず空は灰白色の雲に覆われている。

とはいえ時刻は灯ともし頃だ。羽美は足を速めた。ぼやぼやしているとあっという間に暗くなってしまう。

サンドイッチでも買って帰ろうかと迷って、結局やめた。どうせ食欲はない。食事よりなにより、今は考えることが多すぎる。

マンションのエントランスを過ぎ、自室のドアが見えたところで羽美は立ちすくんだ。

玄関のドア前に管理人と、長身の少年がいた。

彼らの背中越しにもドアが汚されているのがわかる。悪臭がぷんと鼻を突いた。

「あ、波佐野さん」

管理人が狼狽顔《ろうばいがお》で振りかえった。

「すみません、まだ掃除が——。航希くんが見つけて連絡してくれたのが、ついさっきで。あの、波佐野さんは見ないほうが」

だが遅かった。羽美はすでに身を乗りだすようにして、それを視界におさめていた。

生まれたての子猫か、いや兎だろうか——。死骸だった。毛皮が裂かれ、断面にピンクの肉と蠢《うごめ》く蛆《うじ》が見えた。ドアノブには汚物が塗りたくってあった。

思わず口を掌で覆った羽美に、

「あっ、大丈夫ですか」

航希と呼ばれた少年が彼女を支えかけ、遠慮したように腕を引っこめた。

「向こうで座ってますか。おれ、誰か呼んできましょうか」

「いえ、いいの」

羽美はかぶりを振った。

「それより、管理人さんを呼んでくれてありがとう。……あなた、いやがらせした人を、見た？　いえ、見てないのなら、べつに……」

「男の人でしたよ」航希は即答した。

「四十前後かな。眼鏡をかけた男の人。白髪が多かったんで、最初は老人かと思ったんです。でも振りかえったら、意外に若くて」

もはや驚きもなかった。

羽美は「そう」と短く言い、うなずいた。

指先がやけに冷たかった。そのくせ頭の芯《しん》が妙にぼやけている。

――出張は、嘘だったのね。

なぜかいやがらせよりも、メールが嘘だった事実に羽美は衝撃を受けていた。真面目一方の米澤が、あんなにしれっと嘘をつける人だったなんて。感情表現が下手な、不器用なだけの人だと思っていた。わたしは六年間、いったい彼のなにを見ていたんだろう。

背後で管理人が、言い訳めいた台詞《せりふ》を口にしている。

「どういうわけか監視カメラには、またなにも写ってなかったんですよ。横からこう、白い長い手みたいなものがカメラにかぶさってきて――ああくそ、こんなこと言ったって、誰も信用しやしないよなあ」

だが羽美の耳にはろくに入ってこなかった。

監視カメラなんて必要ない、とぼんやり彼女は思う。

だって元夫らしき人が目撃されたのは、これで三度目だ。二十二階の石井さん、四階の飯村さん、そして今、十六階の航希くん。三人もの人間が、元夫の姿を――。

しかし羽美の頭の片隅で、わずかに引っかかるものがある。

白い長い手みたいなものが、カメラにかぶさってきて。二十二階の石井さん、四階の飯村さん、十六階の航希くん。

いいえ、今はそれどころじゃない。元夫の米澤で頭が占められて、ほかのことが考えられない。思考能力が鈍って麻痺《まひ》している。すべての音が遠い。

「ごめんなさい」

棒読み口調で羽美は、管理人を振りむいた。

「ごめんなさい、わたし、すこし横になりたくて——。あの、申しわけありませんが、中に入って休んでいいでしょうか。ほんとうにすみません」

「え、あ、いいですよ、もちろん」

へどもどと管理人は首を縦にした。

「ここの始末は任せて、どうぞお休みになってください。航希くんもありがとうね」

管理人が急いでドアノブを浄め、マスターキイで扉を開けてくれた。

羽美は何度も頭をさげ、玄関をくぐった。

ドアが閉まる。静寂が訪れる。羽美は蹴《け》り捨てるように靴を脱ぎ、室内へと駆けこんだ。着替えもせず、リヴィングのソファへ突っ伏す。

こめかみが割れ鐘のように痛んだ。

いまさらながら自分がショックを受けていると気づき、さらに衝撃を覚える。胸の奥底で元夫をまだ信じていたこと。憎まれていると自覚しながら、どこかでたかをくくっていたこと。自分の甘さを突きつけられた思いだった。

——わたし、あの人が好きだったんだわ。

自分で思っていた以上に、彼を好きだった。

彼もそうだろうと無意識のうちに自惚《うぬぼ》れ、甘えていた。なんて馬鹿なんだろう。ここまでされて、やっと自覚するなんて。

鼓膜の奥で母がわめく。

ああもう、だから言ったじゃない、あんたはどうしようもない世間知らずなのよ。自分一人で大きくなったような顔してるけど、結局何もできやしないのよ——。

羽美はクッションに顔を埋めた。

肩が震える。嗚咽《おえつ》をこらえようと歯を食いしばる。

ぶん、とかすかな音がした。

パソコンが立ちあがる音だ——と気づき、羽美は目線をあげた。

触れてもいないのに、ノートパソコンが勝手に起動していた。動画が再生されはじめる。

葵が映っている例の動画だ。

ノイズが晴れている。羽美は呆然《ぼうぜん》とした。

〝家族〟たちの顔を覆っていたブロックノイズが消え、全員の造作がはっきり映っている。

そこに和葉がいた。失踪《しっそう》した石井亜沙子の姑《しゅうとめ》がいた。凍死した菜緒の夫と、幼い息子がいた。そしてたった今見たばかりの航希がいた。そういえば航希の継母は、事故にあって越していった、あの島崎千晶ではなかったか。

羽美は上体をもたげた。

ゆっくりと起き上がる。モニタを凝視する。

ここに答えがある――、と直感した。相次いだ事故。つづけざまの災厄。被害者の家族たちと、葵の家族がイコールでつながる。

まだ頭が混乱してうまく理解できない。でも、自分の周囲でなにかが起こり、なにかが間違っていたことだけはわかる。

静寂を裂くように、チャイムが鳴った。

チャイムは鳴りつづけている。急かすように、脅すように鳴りつづけている。早く出ろ、応答しろと強いている。

ひとりでにインターフォンが起動した。

モニタに砂嵐が走っている。誰も映っていない――なのに、人の気配をまざまざと感じる。

「おかあさん」

ささやくような葵の声が、インターフォンのマイクから洩《も》れた。

応えちゃいけない、と羽美は己に言い聞かせた。

この子は――これは、わたしが思っていたようなものじゃない。

なぜ気づかなかったんだろう。そして、なぜ今気づいてしまったんだろう。

米澤の顔がちらつく。胸が痛んで疼《うず》く。

——応えちゃいけない。

だが唇が動いた。喉《のど》から絞りだすような声が洩れる。助けを呼びたい。なのに、声が悲鳴になってくれない。

羽美は言った。

「……なあに」

次の瞬間、意識が途切れた。

眼裏《まなうら》に走った幾重もの閃光《せんこう》に、羽美は目を覚ました。

冷たい床に伏していると気づき、身を起こす。

あたりを見まわし、彼女は愕然《がくぜん》とした。

二〇九号室だった。しかし最後に見たときとは、ひどく変わっている。

アイボリーだったはずの壁には、ぞんざいに壁紙が貼られていた。デフォルメされた飛行機が青空に飛んでいる柄だ。手慣れていない人間が貼ったのだろう、あちこち剝《は》がれかけ、たるんでいる。

床にはバットマンやスパイダーマンのビニール人形、アニメのＤＶＤなどが散乱していた。クレヨンで落書きした跡もある。和葉が揃えた趣味のいいインテリアとは、まるっきりちぐはぐだった。

——子供が、いる。

葵だ。室内に子供がいる。

だが一人ではなかった。二人でもなかった。十人や二十人でもなかった。数百人、もしかしたなら数千人の気配があった。部屋じゅうに、そこかしこに、いたるところに〝葵〟の気配がひしめきあっていた。

羽美は目をすがめた。

テーブルに火が灯っている。いや違う。あれは蠟燭《ろうそく》だ。

ケーキに立てられたキャンドル。チョコレートケーキ。その向こうに、色褪《あ》せたバルーンが揺れている。昭和二十年から三十年代に流行しただろう、安っぽい縁日風船だ。

──ああそうだ、今日はわたしの誕生日だった。

ぼんやりと羽美は思った。

わたしは今日をもって、葵の──いや〝葵たち〟の母に生まれ変わるのか。

葵たちが、いっせいに手を叩《たた》いていた。

陶然と羽美はその拍手を聞いた。

葵は一人のように見えて、一人ではない。この部屋いっぱいに折り重なり、へし合いながら在る無数の子供の気配、そのすべてが〝葵〟だった。

目が慣れたのか、羽美にもようやく子供たちの姿が映りはじめた。

ほとんどの子の首が、あらぬ方向へねじれ曲がっている。産まれてすぐ、アキ婆さんに首をひねられた子供たちだ。

行李《こうり》へ無造作に放られたせいだろう、片目がつぶれている子がいた。両脚が折れ曲がっている子がいた。人のかたちをとる前に、長い針で刺されて引きずり出された子もいた。痙攣《けいれん》する肉の塊でしかない子もいた。

羽美は、彼らを見まわした。

彼女が今まで目にしてきた「葵」は、中性的な美少年だった。当然だ、葵は男であり、女でもあった。

ある子の美しい瞳《ひとみ》は「葵」のものだった。ある子の唇は、ある子の鼻筋は、ある子の顎《あご》は、葵のものだった。葵は彼ら全員であり、彼ら全員が葵だった。

蠟燭の火がたゆたう。ケーキの横に写真立てが見える。

あの古い助産所を背景に、軍服姿の米兵と妊婦が写っていた。米兵の顔は釘《くぎ》で引っかかれたようにかすれて消えている。片腕が不自由らしい妊婦の首は、ねじれたように傾いでいる。だが目鼻立ちは整って美しい。

――今まで流してきた、水子が。

――代々の水子の祟《たた》りだって、陰口を。

この妊婦が葵を産み落とした。アキ婆さんが、女たちが、心ならずも積み重ねた業の塊だ。

「長くは産声をあげんかった」と媼は言った。しかし充分だった。何万もの凝《こご》った怨嗟《えんさ》に、かりそめとはいえ血肉と骨が与えられたのだ。

葵が笑っている。羽美に、手を差しのべてくる。

この手を払わなければ、と羽美は思った。

だが体が動かない。頭の芯《しん》が鈍麻している。

葵を拒まなければいけない――でも、なぜ？　この部屋に来る直前、なにかに気づいた気がする。けれど、それがなんだったか思い出せない。

葵の指先が、羽美に触れた。

途端、羽美は奔流のような思念の渦に巻かれ、沈みこんだ。

人の――いや、女たちの思いだ。押し寄せてくる。流され、呑《の》まれてしまう。

女たちの嘆き、呪詛《じゅそ》、苦悶《くもん》。

この子たちの母に、なれなかった女たち。

どの女も貧しかった。ある者は親に売られ、醜業婦になった。孕《はら》んだなら吊《つ》るされて叩かれ、それでも流産しなければ堕胎させられた。ある者は食うや食わずの生活だった。孕みたくはなかったが、夫に殴られ毎夜押し伏せられた。

十にならぬうち孕まされた娘がいた。飢饉《ききん》の年に腹が大きくなった嫁がいた。父や兄との雑居で、道ならぬ子を宿してしまった娘もいた。

――誰もが、殺したくはなかった。

だが産んでも幸福にしてやれぬ命だった。

羽美は思念の渦に沈み、浮き、また沈んでは翻弄《ほんろう》された。

渦の中で羽美は、米兵の子を孕んだあの養女になった。親に売られた娘になり、農婦になり、遊郭の女になった。さらに飯村菜緒になり、石井亜沙子になり、島崎千晶になり——そして、ふいに羽美自身に還った。

五歳の羽美が、そこにいた。

がらんとした部屋だ。

空き物件だった頃の二〇九号室であった。

窓の外で、合歓《ねむ》の花が咲いている。まだ足場の鉄骨が組まれている。

ああそうだ、空き物件だったのではない、サンクレールはまだ建設途中だった。なぜか呼ばれた気がして、引き寄せられるように羽美はここに忍びこんだのだ。

知らない男の子と遊んだ。帰り道、あの検針員の女と出会った。

女に連れられて羽美は帰宅し、母に告げた。

あそこであーちゃんっていう子と遊んだよ、と。

母は半狂乱になった。羽美にはその理由がわからなかった。ただ母が豹変《ひょうへん》したとしか見えなかった。幼い羽美は驚き、彼女に怯《おび》えた。

「忘れなさい、羽美ちゃん」

「あそこであったこと全部、忘れるの。いいわね」

血走った目で母は羽美に迫った。羽美はしゃくりあげながら、うなずくほかなかった。

その夜、母は父にわめき散らしていた。

自分のせいで争っているのかと、羽美は足音を忍ばせて階下へ下り、耳をそばだてた。

「わたしのせいよ」

「どうしよう、羽美になにかあったら」

「落ち着け」と父はなだめていた。半信半疑といった声音だった。

しかし母の口調は確信に満ちていた。恐怖と畏怖《いふ》、そして後悔をたたえた声だった。

母がつづける。

「あの物件はわたしが買うわ。でも名義はあなたにして。誰も立ち入らせちゃ駄目」

「二度とあれを、羽美に近づけないで」

どぶり、と母の意識が波になって羽美を呑む。

大きな黒い波だ。呼吸ができない、窒息しそうだ。

苦しい息の下、喘《あえ》ぎながら羽美は母の遠い記憶を視る。

——誰かが泣いている。

暗闇に閉じこめられた、ちいさな女の子が泣いている。既視感が脳を疼《うず》かせる。かつて確かに見た光景だ。あれは、あの子は、わたし——？

いや、違う。

あれは母だ。母の茜。

彼女の記憶が、羽美を呑みこむ。

茜の幼少時、まだこの街は貧しかった。富裕な波佐野一族は、その中にあって悪目立ちしていた。代々産科医という職業が格好の陰口の種になった。

茜は同年代の子供らに妬《ねた》まれ、つまはじきにされ、虐められた。

水子屋敷に閉じこめちゃえ、大将格の少女が言う。取り巻きたちが笑い、手を叩いて賛成する。

否応なしに母は引きずられ、空き家に投げこまれて、外から心張り棒をかまされた。

〝水子屋敷〟は、かつてアキ婆さんが営んでいた助産所の跡地であった。

茜が泣いている。今にも嘔吐《おうと》しそうなほど、激しくしゃくりあげている。その前に、白い影がぼうと現れる。

茜が言う。あなたはだあれ。影が首を振る。

茜はさらに問う。名前がないの？　じゃあ、わたしがつけてあげる。

羽美は愕然《がくぜん》とする。

――母だった。

わたしではない、名づけたのは、母だった。

母の名は茜だ。赤と青。茜と葵。子供らしい単純な連想から付けられた名だった。

脳内で老教授の声が響く。

正しい名を印刻することで、土地もモノもはじめて機能する。あわ、あお、あわい、あい。これらははざま、境界を意味します……。

偶然だった。

しかし「正しい名」を、たくまずして幼い母が与えてしまった。

――いやだ、やだ。こっちに来ないで。お願い、触らないで、いや――。

死の床で母はそう叫んだ。

今のいままで、脳に巣食った癌細胞が産んだ幻覚だと思っていた。

だが、そうではなかったのだ。

いつの間にか、部屋はひどく暗い。蠟燭《ろうそく》の火だけが揺れている。

羽美は、葵たちを視た。

子供たちが笑っている。手足の萎《な》えた子たち、自分の足で立つことすらできぬ異形の子たちが、何百何千と伏し転がり、重なり合い、無数の薄笑いを闇に浮かべている。

あの日からだ。羽美は思った。

あの日から母は、おかしくなった。ヒステリックになって、ひどく厳しくなって――わたしを束縛し、規則と規律でがんじがらめに締めつけるようになった。

なぜって茜は、葵を知っていたからだ。

波佐野家の末裔《まつえい》である茜は、それの正体にじきに気づいた。彼女は逃げ、恐怖と罪悪感を抱えて生きた。羽美もまた葵に出会った、と気づくその日まで。

茜が二〇九号室を買ったのは、半分は責任感、もう半分は羽美を守るためだったのだ。

この物件は、半永久的に封印されるはずだった。

しかし父は突然、不慮の死を遂げた。もし遺言書がきちんと作成されていたなら、羽美はサンクレールには住まず、誰も入居させることはなかっただろうに。

——知らずに、わたしが二〇九号室を解きはなった。

それは、人の心の隙間に付け入る。

飯村菜緒。石井亜沙子。島崎千晶。そして秋山和葉。

共通点は、家族の中にいながらも、彼女たちが孤独だったということだ。

家庭は安らげる場ではなかった。肉親や配偶者に囲まれながらも、彼女たちは一人だった。そのわずかな亀裂に、葵は好んで潜りこむ。

彼らの手口はいつも同じだ。まず標的の家族を籠絡《ろうらく》する。そして彼ら家族の目を通して、標的を品定めする。葵たちの母親にふさわしい女かどうか。母になってくれる女か否か。

しかし菜緒と亜沙子は葵を厭《いと》った。千晶は本物の子を孕み、彼の母になる資格を失った。和葉は〝母〟でなく〝姉〟として葵に取りこまれた。

和葉は羽美をおびき寄せるための餌でもあった。なぜなら羽美には大きな心の隙間はあれど、葵の道具となる〝家族〟がとうにいなかった。

たゆたう火を、あらためて羽美は眺めた。

子供たちが笑っている。

ねじれた首。潰《つぶ》れた眼球。裂けた唇に、歪《ゆが》んだ笑み。

羽美は呆然《ぼうぜん》としていた。

だがやがて、その唇にもうっすらと笑みが浮かんだ。

――わたしじゃなかった。

わたしは、彼らにとって特別な存在なんかじゃなかった。

アキ婆さんの養女が彼らを産み、波佐野茜が名づけた。

特別なのは茜だ。羽美ではない。

彼女は代用品に過ぎなかった。そして波佐野茜は、もういない。

ノイズが晴れたあの映像を思い出す。中央に葵がいた。右隣に航希がいた。その横に石井芳枝がいて、左隣に和葉、さらに隣に飯村父子がいた。

羽美はようやく理解した。

――あそこには、大人がいなかった。

合歓《ねむ》の花のご飯と同じだ。おままごとの家族。葵を中心に、航希が父、和葉が姉、芳枝が祖母、飯村父子が友達だった。

実年齢は関係がない。あそこには〝本物の大人〟がいなかった。

いくつになっても少女のような芳江。ガキ大将の健也。いまだに姉妹喧嘩《きょうだいげんか》をやめられない、お祖母《ばあ》ちゃん子の和葉。

羽美自身もそうだった。三十をとうに過ぎてさえ、親の評価を気にしていた子供。優等生を演じながら、親の愛情と赦しを乞《こ》いつづける幼児。

自覚するごとに羽美の唇が吊《つ》りあがる。

自嘲《じちよう》の笑みが大きくなっていく。

――なんて馬鹿だったの。

今はじめて羽美は、己の姿がはっきり見えた気がした。子供だった。愛されたかった。愛されないと思いこみ、自分が欲しがった愛情だけを追い求めていた。

子は親に完璧《かんぺき》であることを求める。無償の慈しみを、尽きぬ愛情を求める。だが親とて人間なのだ。利己的で、感情的で、無私の愛や聖母のイメージにはほど遠い。子供が不完全であるように、親もまた不完全だ。

――母が、そうだった。

確かに彼女は母親として完璧ではなかった。ヒステリックで、言葉足らずで幼稚だった。でも母が死の床で叫んだ「触らないで」の意味が、今の羽美にはわかる。

あれは彼女自身を守るための言葉ではなかった。死の間際に葵の幻を視た茜は、「娘に触らないで」と声を振り絞ったのだ。

――ごめんなさい、お母さん。

羽美は子供たちに向きなおった。そして言った。

「ごめんなさい」

蠟燭の火がひとつ、またひとつと倒れていく。

「わたし、あなたたちとは行けない」

火灯りの合間から、やけに白く長い手がすうと伸びる。羽美の腕を摑《つか》む。

爪が皮膚に食いこみ、逃がすまいと指が万力のごとく締めつけてくる。骨まで軋《きし》む。

羽美は痛みに顔をしかめながら、

「そうね、謝っても無駄よね。……じゃあ、あなたにも通じる言葉で言うわ」

静かに言った。

「――うちのママが、あんたと遊んじゃ駄目だって」

指の力が一瞬ゆるむのがわかった。

羽美は渾身《こんしん》の力で手を振りはらった。

「ごめんね。わたしには、あなたたちの母親役はつとまらない。いいえ、誰であっても無理なの」

誰も葵たちの母にはなれない。無償の、無私の母には。

薄闇の向こうに無数の視線を感じる。痛いほど突き刺さる。それは、焼けつくような憎悪だった。この世に生まれ得なかった子供らの羨望《せんぼう》と、嫉妬《しっと》と怨嗟《えんさ》が肌を焦がす。

縁日風船が割れた。

爆発音ののち、炎が立ちのぼる。

ああそうだ。昔の風船はヘリウムでなく水素ガスだったから、たやすく引火するのだ。

熱い。煙で息が詰まる。この炎は幻ではない、と悟って顔をしかめた。

いつの間にか現実の二〇九号室に、羽美は立っていた。

袖口《そでぐち》で鼻と口を覆う。オレンジの火の粉が散り、髪に、肌に振りかかる。煙で霞《かす》む視界の中、羽美は目を凝らした。

――いた。

テーブルの向こうに和葉が倒れていた。

羽美は走り、彼女を担ぎあげた。

驚くほど和葉は軽かった。骨と皮ばかりに痩《や》せている。垂れ流しだったらしい尿の悪臭が、ぷんと鼻を突いた。

風船がまたひとつ割れた。火柱があがる。

出口の方角へ羽美は駆けだそうとした。その刹那《せつな》、軸足を見えない手に摑まれた。和葉を担いだまま、羽美はつんのめるように倒れた。

呻《うめ》きが洩《も》れる。立とうとしたが、脳天まで痛みが突き抜けた。足首をどうかしたようだ。立ちあがれない。左足が動いてくれない。

煙で目が痛い。開けていられなかった。あっという間に灰塵《かいじん》が充満し、視界が閉ざされる。喉《のど》がいがらっぽく熱い。化学繊維の焦げる匂いがした。

羽美は和葉を背負ったまま、なんとか片膝《ひざ》を立て、数歩這《は》った。

体が末端から痺《しび》れていくのがわかった。意識ははっきりしているのに、手足が言うことをきかない。

ここで死ぬのか――。

床に這ったまま、羽美は力なく咳《せ》きこんだ。

頭が朦朧《もうろう》とする。肺にも脳にも酸素が足りない。

逃げなければと思うのに、もはや指一本動かせそうにない。ひとりでに涙がこぼれ落ち、煤《すす》で汚れた頰を洗う。

煙《けぶ》る視界の向こうに、少年がいた。でも、よく見えない。

見えない。彼が果たして笑っているのか、泣いているのか、この結末に満足しているのか、わたしには見届けられそうにない――。

意識が遠のく。羽美の首が、がくりと床に落ちた。

手も足も動かない。頭が割れるように痛い。煙を吸いすぎたんだ。一酸化炭素中毒だ。

頰の内側をきつく嚙《か》み、せめて気絶するまいとした。

犬歯が肉を嚙み破る。舌に、鉄くさい血の味が広がる。

ああでも、駄目だ。今にも意識の最後の糸が、切れ――。

破裂音がした。

ガラスが割れる音だ、と気づいたのはゼロコンマ数秒経ってからだった。

新鮮な外気が吹きこんでくる。瞬時に火が酸素を食い、どっと室外へと噴きあげる。

窒息する、と羽美は思った。火の流れは変わったけれど、吸える空気がない。まるで真空のただ中だ。乾いた舌が丸まり、気管を塞《ふさ》ぐ。

ふいに、体が浮いた。

割れたガラスとは別方向から走りこんできた人影が、和葉ごと羽美を抱えあげた。床を引きずられる。痛い。和葉を離さずにいるのが精一杯だった。誰かがわめいている。泣き声。怒号。

体が冷たい。床も壁も、濡《ぬ》れている。廊下が水びたしだ。銀色のホース。スプリンクラー。誰かが消防を呼んでくれたのか、でも、誰が。

「羽美さん、羽美！」

頰を叩《たた》かれる。揺すられる。痛い。でも、呼吸がすんなり喉を通る。

羽美は薄くまぶたを開いた。

米澤誠也の顔がそこにあった。

彼らしくもない、と羽美は思う。頰が煤だらけだ。ネクタイと眼鏡が曲がっている。髪が乱れて、あんなに額に汗をかいて——およそ誠也さんらしくない。

「どう、して」

咳きこみながら羽美は問う。

どうしてここに。学会へ向かっているんじゃなかったの。ううん、それともあれは嘘だったっけ。頭がうまく働かない。

「いきなり火の手が、上がって……窓越しに、きみが見えたから」

米澤が言う。

答えになってないわ、と羽美は思う。どうしてあなたがここにいたの。そう問いたいのに、喉が焼けて声が出ない。

米澤はなぜか、小脇に花束を挟んでいた。無残に焼け焦げた花束だった。

羽美の視線に気づいたのか、米澤がようやく腕をゆるめる。花の残骸《ざんがい》が床に落ちた。

ようやく完全に空いた腕を、彼はぎこちなく羽美の肩にまわした。

「……ひどい誕生日になったな」

羽美は目をしばたたいた。

誕生日。花束。二つの単語が、ゆっくりと脳内でつながる。

羽美は目をあげ、しわがれた声で訊《き》いた。

「……でも、出張だって、……メール、で」

「ごめん、嘘だ」米澤は言った。

「驚かせたかったんだ。きみが以前、言ってたじゃないか。『嬉《うれ》しい驚きなら、人生のうちで一、二度あっていい』って。だから……」

――だから今年は、サプライズバースデイにしようと思って。

一瞬の絶句ののち、思わず羽美は噴きだした。

ひりつく喉で、咳きこみながら笑う。

場違いな笑いだということはわかっていた。でも、止まらなかった。体を折り、元夫にしがみつくようにして羽美は笑った。

涙が滲《にじ》んできた。燻《いぶ》された眼球に疼痛《とうつう》が走る。だが痛みゆえの涙ではなかった。いつ

までも泣き笑いする羽美に、

「やったぞ」

米澤が言った。

眼鏡の奥で目を細め、唇をほんのわずかに曲げて微笑む。

「サプライズ成功だ。──八年ぶりに、きみを笑わせたぞ」

＊

さいわい延焼はしなかった。

なぜか二〇九号室の一室のみが焼け落ちたかたちだった。隣室の住民は運よく不在で、上階は煙の被害を受けただけだった。

火事の原因は「火の不始末」とだけ報道された。軽過失とされ、火災保険もおりた。

秋山和葉は病院へ搬送され、そのまま入院となった。

煙をかなり吸いこんでいたが、それより栄養失調がひどかった。後遺症の有無についてはまだ断言できないが、ひとまず峠は越えたという。

「……やっぱりわたしのせいよね。わたしが二〇九号室を相続して、秋山さんを住まわせてから、各部屋でおかしな事件が起こりだしたんだもの」

そうつぶやく羽美に直接答えず、米澤は言った。

「それより、不思議なことがある。なぜお義母さんは波佐野先生――いやお義父さんに、『サンクレールをあなたの名義にして』と頼んだんだろう。実際に金を出したのはお義母さんだった。誰も立ち入らせずに封印しておくなら、誰の名義だろうとかまわなかったはずだ」

「そういえばそうね、どうしてかしら」

首をかしげた羽美に、

「これはあくまで仮説だが」彼は言った。

「きみは葵の疑似家族に〝本物の大人はいない〟と直感した。それを正しいとするならば、〝肉体的にも精神的にも成熟した大人の男〟が、彼らには鬼門なのかもしれない。つまりあの部屋を封印しておくには、お義父さんという〝本物の大人の男〟の存在が必要不可欠だったんじゃないだろうか」

と米澤は顎《あご》を撫《な》で、

「ふむ。自画自賛になるが、そう考えるとやはりぼくがあそこへ行ったのは正しかったんだな。おそらく彼らは、一人として実父を知らないんだ。彼らにとって父親は〝母親の背後から間接的に自分を殺させた〟影のような存在でしかない。それだけに恐ろしいんだろう。〝父〟は彼らにとって、得体の知れない永遠の敵なんだ。保護者としての父役を欲しがることはあっても、それはあくまでままごとの父に過ぎない」

「そうね」

羽美はうなずいた。

「……うん、そうかもしれない」

きっと当たらずとも遠からずだ、と羽美は思った。

間引きに関する文献には、母たちの嘆きの記述はあれど、驚くほど父の描写がすくない。子殺しと対応する棄老伝説についても、老母と息子の逸話ばかりが目立つ。

――悲哀の多くは、当たり前のように〝父の不在〟を前提に語られる――。

羽美は言った。

「うちの両親の夫婦仲は、けしていいとは言えなかったわ。離婚しないのを、わたしは世間体のためだと思っていた。――でももしかしたら、わたしのためだったのかも。両親揃って、文武両道の優等生で、欠けたピースなど何ひとつない人生。母がわたしをコントロールしつづけたのは、彼らに付け入る隙を与えないためだったのかもしれない」

言葉を切り、くすりと羽美は笑った。

「なんてね。考えすぎかな」

「いや、そんなことはないさ」

米澤がやはり真剣にうなずく。羽美は笑いながら、彼を見あげた。

「あなたってやっぱり変わってる」

「そうかな。どこが？」

「だってこんな荒唐無稽《むけい》な話を、疑いもしないし笑い飛ばしもしない。それどころか、大真面目に仮説まで立てて取りあってくれるなんて」

笑いつづける羽美を、米澤は心底不思議そうに眺めて言った。

「ぼくはいつだって、きみに対して真摯《しんし》だ」

離婚についても、きみの意思を最優先に受け入れたじゃないか。別段あれであきらめる気はなかったが――と真顔でつづける彼に、あらためて羽美は噴きだした。

羽美はふたたび「米澤羽美」となり、サンクレールを出た。

あの日以来、飯村健也と石井芳枝は行方不明だそうだ。羽美への度重なるいやがらせは、この二人の犯行だったと警察は断定したらしい。

島崎航希の関与もあったはずだが、あえて羽美は不問にした。母につづいて父の健也も失った雄斗は、母方の祖父母に引きとられていったという。

羽美は去る前に管理会社と交渉して、中庭に簡素ながら水子供養の祠《ほこら》を建てさせてもらった。改修済みの二〇九号室は再度封鎖され、米澤誠也の名義に変えられて、半永久的な空き物件となった。

引っ越し後も、ごくまれにサンクレールの前を通りかかることがあった。

二階の窓ガラスに、無数の子供たちがべたりと貼りついて彼女を凝視していた。不揃いな目を見ひらき、瞬きもせず一心に羽美の動きを追っていた。

　そのたび、羽美は彼らを無視した。

　いつしかその気配も感じなくなった頃、波佐野産科医院の移転が決まった。理由は病棟の老朽化であった。

　新しい医院は市外に建てられることが決定した。それに合わせ、羽美たちも引っ越しを決めた。

　――二〇九号室のような場所は、きっとどこにでもあるに違いない。

　いまさらながら羽美はそう思う。

　悲哀を背負った土地は各地に存在する。ただ程度の差があるだけだ。そして〝葵たち〟が生まれる条件が運悪く揃ってしまったか、そうでないかだ。

　羽美はネットの回線を切ると、不動産情報を表示していたノートパソコンをたたんだ。

　誠也さんが帰る前に、買い物を済ませておかなくては。

　ちいさく欠伸《あくび》をして立ちあがる。

　春の風が、甘く香った。

エピローグ

「あら、また運送屋のトラック。ねえねえ見て、うちと一日違いで引っ越してくるおうちがあるみたいよ」

二階のベランダから身を乗りだし、妻は叫んだ。

しかし「よかったね、新入りがあたしたちだけじゃなくて——」と夫に呼びかけた声は、きれいに無視された。山と積まれた段ボールの荷物を片づけるふりで、彼はさっきから背中を向けたきりだ。

なによ、と妻は口を尖《とが》らせた。

いつまですねてるんだか。まったく男って子供っぽい。ようやく義両親との別居がかなったというのに、しょっぱなからこれじゃあ先が思いやられる。

夫の背中に嫌味をぶつけるか、聞こえよがしのため息をついてやりたかった。

だがそうする代わりに、彼女は無理やり笑顔を作って、

「ご近所をまわってくるわ。あなたはここで荷ほどきしてて」

と入居挨拶《あいさつ》用のギフトを数個抱え、部屋を出た。

この高層マンション『ラ・レゼルブ』に彼女が入居を決めたのは二箇月前のことだった。ついでに言えば過干渉の義両親に嫌気がさし、夫に離婚か別居かを迫ったのが半年前。夫が白旗を上げ別居を選んだのが三箇月前だ。

「生活ランクが一軒家より落ちるのは論外」

「交通の便が今より悪くなるなら、引っ越しする意味ないから」

と文句ばかり付けていた夫が、ようやく首を縦に振り、契約書に判を押したのがこの物件であった。

本来なら、彼ら夫婦の年収で住める部屋ではなかった。「安すぎる、きっと瑕疵《かし》物件よ」と義母は金切り声をあげたが、妻の意志で引っ越しは強行された。

――そうまでしてやっと入居したっていうのに、なによ、あの態度。

彼女は唇を嚙《か》んだ。

離婚の二文字がまた頭をよぎる。やっぱり子供のいないうちに、別れてしまうのが正解なんだろうか。

いいえ、駄目よ。彼女はかぶりを振った。

今あきらめたら、引っ越した意味がないではないか。もう一度頑張ってみよう。わたしたち二人の〝わが家〟を、ここで一から作りなおすのだ。

深呼吸して、彼女は内廊下を歩きだした。

エントランスでは見慣れた制服の引っ越し業者が、重たげな段ボールを抱えて列をなしていた。そのうち半数がどやどやと階段をのぼっていく。残りの半数を乗せたエレベータの表示灯は、二十階よりさらに上へ進んでいく。

どうやら新たな入居者は、ずっと高層階の住人になるようだ。

業者が抱えた段ボールには、どれも油性マジックで大きく『米澤さま』と記してあった。

このマンションの高層階に入居するなら、きっとお金持ちね――と彼女は思う。

夫は「挨拶まわりの粗品なんて、タオルかごみ袋でいいだろ」と言った。だがやはり菓子折りを奮発しておいて正解だった。

たかが引っ越しギフトでも、一日違いの入居者がいれば、みんな無意識に比べてしまうはずだ。正規の分譲価格を払って入居したセレブと、うちみたいな四十年ローンで訳あり物件に入居する夫婦。最初から差がつきすぎてしまうのは惨めすぎる。

ふと、彼女は視野の隅に子供をとらえた。
七、八歳だろうか。男児だ。このマンションに住む子だろう。いかにも勝手知ったる、というふうに内廊下を駆けていく。
「ねえ待って、ぼく」

彼女は子供を追い、呼びとめた。内心ほっとしていた。ハイグレードな住人たちに話しかけるのは勇気がいったが、子供ならば話は別だ。

「ぼく、ここの子よね？　お父さんかお母さんはお部屋にいる？」

男児は背を向けたまま、かぶりを振った。

「そっか、いないんだ。じゃあ明日は？　明後日《あさって》はいるかな？」

やはり男児は首を振る。

忙しい親御さんなのね、と彼女は思った。父母ともに残業が多く、休日も不規則な家庭は今どき珍しくない。高収入の世帯ならばなおさらだろう。

彼女はラッピング済みのギフトの箱をひとつ男児に差し出した。デパ地下で買いそろえた、トリュフチョコレートとマカロンのプチセットであった。

「ごめんね。じゃあこれ、おうちの人が帰ったら渡しておいてくれる？　お休みの日に、またあらためてご挨拶にうかがいますって言っておいて。それで……」

彼女は言葉を切った。

目をしばたたく。男児はどこにもいなかった。

ただ、廊下の突きあたりにちいさな影がうずくまっている。

子供ではない。首にリボンをかけたテディベアのぬいぐるみだ。両足を投げだすようにして、なぜか壁際を向いて座っている。

あれ、と彼女は数歩退いた。

いやだ、わたしったら。ただのぬいぐるみじゃない。どうして子供と見間違えたりしたんだろう。誰かに見られていたら恥ずかしい。

――でも、どうしてマンションの廊下にテディベアなんて。

それに、この足もとの花束はなにかしら。ううん、花だけじゃない、未開封のジュースに、おもちゃに……これじゃ、まるで。

ふいにテディベアが音もなく倒れた。陰から、体のねじれた男児が覗《のぞ》く。青黒い手を伸ばし、男児は薄く笑った。

「おがあざん」

引用・参考文献

『日本残酷物語1　貧しき人々のむれ』　宮本常一・山本周五郎・揖西光速・山代巴監修　平凡社
『あぶない地名　災害地名ハンドブック』　小川豊　三一書房
『地名は警告する　日本の災害と地名』　谷川健一　冨山房インターナショナル
『江戸禁断らいぶらりい』　阿刀田高　講談社文庫
『間引きと水子　—子育てのフォークロア』　千葉徳爾　大津忠男　農山漁村文化協会
『「遠野物語」を歩く　民話の舞台と背景』　菊池照雄・富田文雄　講談社カルチャーブックス
『ベスト・オブ・チョコレート　—ブランドチョコレート・パーフェクトガイド』　双葉社

本書は二〇一六年十二月に小社より刊行された単行本『209号室には知らない子供がいる』を加筆・修正の上、改題し文庫化したものです。

この作品はフィクションです。実在の人物、団体等とは一切関係ありません。

瑕死物件《かしぶつけん》　209号室《ごうしつ》のアオイ

櫛木理宇《くしきりう》

角川ホラー文庫　21307

平成30年11月25日　初版発行
令和６年11月25日　７版発行

発行者——山下直久
発　行——株式会社KADOKAWA
〒102-8177　東京都千代田区富士見2-13-3
電話 0570-002-301（ナビダイヤル）
印刷所——株式会社KADOKAWA
製本所——株式会社KADOKAWA
装幀者——田島照久

●お問い合わせ
https://www.kadokawa.co.jp/（「お問い合わせ」へお進みください）
※内容によっては、お答えできない場合があります。
※サポートは日本国内のみとさせていただきます。
※Japanese text only

ISBN978-4-04-107526-5　C0193